Haruse & Yakura
「フィルム・ノワールの恋に似て」

「俺じゃない。ためらってるのは、あんたのほうだ」

冷笑を浮かべると、冷徹に醒めていた矢倉の双眸にわずかな焔が揺れる。

「ためらってるだと？」

「俺みたいな淫売を金で嬲って、綺麗な手を穢すのを……恐れている」

（本文P.73より）

Chara

# フィルム・ノワールの恋に似て

華藤えれな

キャラ文庫

この作品はフィクションです。
実在の人物・団体・事件などにはいっさい関係ありません。

目次



フィルム・ノワールの恋に似て

口絵・本文イラスト／小椋ムク

# プロローグ

午後六時、夕陽《ゆうひ》に染まったマカオの街が、少しずつ宵闇《よいやみ》に包まれようとしている。

最近までポルトガルの植民地だったマカオは、華やかな南欧風の街並みと中華風の伝統的な生活風景とが入り交じった異国情緒あふれる観光地だ。

そんなノスタルジックな街の一角——レッドカーペットが敷かれたドーム型の巨大なイベントホールは、その日、異様な熱気に蒸れていた。

アジア最大のシネマフェスティバル——マカオ国際映画祭。

今夜はグランプリの授賞式が行われるということもあり、世界各地から現れた映画関係者たちが一堂に集まっていた。

「それでは、監督賞の発表をします。今年の最優秀監督賞は『幸福の空のなかへ』を撮った、日本の矢倉《やくら》涼司《りょうじ》氏に決定いたしました！」

まっ白なチャイナドレスを着た美しい女優のアナウンスが会場に響く。

次の瞬間。

わぁっ！　と耳をつんざくような歓声が地鳴りのようにフロアを揺らす。

ああ、俺の名だ――と自覚する前に目が痛くなるほどのフラッシュに包まれていた。

「おめでとう。矢倉くん、これで君も国際的な映画監督の仲間入りだ」

「おめでとうございます、今回は絶対に矢倉さんだと思っていましたよ。三十一歳の若さでたいしたものですね」

「君は日本の誇りだよ。デビュー当時から天才だと言われていただけのことはあるね」

次々に祝福の声をかけられながら、ゆっくりと立ちあがる。

日本人初の快挙だった。

だが、矢倉は浮かない顔をしていた。

国際映画祭で監督賞をとれば、もう『オヤジの七光り』と言われることはない。そう信じて、目標にしてきた。けれど、この栄誉を素直に喜ぶことができないでいる。

昨夜遅く、ホテルの部屋に現れたひとりの男の言葉が原因だった。

『凉司、君は、きっと監督賞を受賞すると思うよ。だけどそうなれば、君はこれまで以上に偉大な父親へのコンプレックスに悩むことになるだろうね』

あの意味深な言葉の意味。父の愛人だった、早河《はやかわ》というシナリオライターの。

それが矢倉の心にのしかかっていた。

――コンプレックスだと？　この俺が？　あの、史上最低の男に？

忌々《いまいま》しい気持ちのままステージに立った矢倉の眉間《みけん》には皺《しわ》が刻まれていた。

その不満に満ちた顔に、ぱぁっと華やかなスポットライトがあたる。彼の表情に気づくこともなく、司会が矢倉の不機嫌の素《もと》となった男の名を明るい笑顔で口にする。

「矢倉監督は、あの世界的な巨匠、黒木拓生《くろきたくみ》監督の、唯一のお子さんなんですよね。天国のお父様もきっと喜んでいらっしゃいますよ」

矢倉は眉間の皺をさらに深めた。

――喜んでいるものか。あの、ろくでなしが。

だいたいあの男が天国にいるわけない。地獄だ、地獄。いや、脳天気なあいつのことだ、自分が地獄にいることにすら気づかず、天国だと勘違いして楽しく過ごしているだろう。

心のなかで毒づいている矢倉とは関係なく、授賞式は続けられていく。

これ以上ないほどの喝采《かっさい》。与えられるのは莫大《ばくだい》な賞金と、金で買うことのできない栄光。

けれどそれに甘く酔えるだけの心境ではない。

どこまでいっても、俺はオヤジの名前から抜けだせないのか。

そんな実感を抱きながら、作り笑いを浮かべる気にもなれず、矢倉はプレゼンターから渡される黄金色の龍《りゅう》が刻まれたトロフィーを受けとった。

ずっしりと腕に感じる黄金の重み。それが矢倉には、死してなお劣等感《コンプレックス》を刺激する、偉大なる父の存在のように感じられていた。

# SCENE 1

スプリングが揺れ、ゆらりと大きな影がのしかかってくる。大柄な体軀《たいく》の男に両肩を押さえられたその時、ビッ……と胸に入れた携帯電話が鳴った。

「おい、電源くらい切っとけよ」

首もとに顔を埋めようとする男の動きを「待て」と手で止めると、春瀬悠真《はるせゆうま》は、胸ポケットから携帯電話を取りだした。

今すぐバイトにきてくれ……というメール。大勢の観光客がホテルに押し寄せ、ウェイターの数が足りなくて困っている。三十分以内にこないと今月分の給料はナシと思え――と記されていた。

――給料ナシだと？　しばらくシフトに入らなくていいって言ってたくせに。

三日前までこの街をにぎわせていたマカオ国際映画祭。

その間、春瀬がウェイターとして働いているホテルのカジノは、連日、大勢の映画関係者や観光客が詰めかけ、休む暇もない忙しさだった。

けれど二週間に亘《わた》って盛りあがっていた国際映画祭も三日前に終わった。

『これからは暇になるだろう。だからシフトに入らなくともいい』

チーフからそう言われ、仕方なく別のバイトで生活費を稼ごうと思って、路上で声をかけてきた英国系ビジネスマンのホテルについてきたわけだが。

「悪い、用が入った。これ、返しておくわ」

するりと男の腕の下から抜けだしてベッドから降りると、春瀬は部屋にきた時にうけとった香港《ホンコン》ドルを数枚、サイドテーブルに置いた。

「ちょ、ちょっと待て。それはない。ここまできておきながら」

金髪のビジネスマンが慌てた様子で後ろから腕を摑《つか》もうとする。サッとその手を払い、振り返る。

「外せない用事ができた。今回は縁がなかったってことで、他を当たってくれ」

「それなら明日に延期を……。私の名刺だ」

手の中に白いカードを押しこめられる。しかし春瀬はそれを突き返した。

「明日は駄目だ」

「じゃあ、明後日は」

「明後日も」

「そんな……。どうして」

「この街には男娼《だんしょう》がいっぱいいる。すぐに相手くらい見つかるって」

肩をすくめてにこりとほほえみ、春瀬は英国人の肩をポンと叩《たた》いた。

「私は君がいいんだ。君みたいな、クールで色っぽいアジアン・ビューティはめったにいない。旅行中、毎晩、相手を頼もうかと思っていたのに」

「毎晩？　ごめん、俺、そういうの苦手なんで。じゃあ」

「待てよ、待てって。う、うわっ！」

ベッドから降りて追いかけてきた男の股間《こかん》を、すかさず膝《ひざ》で蹴《け》りあげる。男は全身を硬直させ、床に膝をついた。

「く……っ……なにを……する」

「しつこいの、嫌いなんだ。金も返したんだし、もういいだろ」

冷ややかに言うと、春瀬は男に背をむけた。

「ち、畜生っ。顔が……いいだけの……あばずれが。さんざん期待させておいて……」

苦しげな声で執拗《しつよう》に罵倒《ばとう》してくる男。

期待させた覚えはないし、勝手にそんなふうに思われても困る。

そもそも『旅行中、毎晩』などとんでもない話だ。

たとえどれほど金を積まれても、声をかけてきた男と継続的なつきあいをする気はない。勿《もち》論《ろん》、心を通わせる気も。こうした関係は一夜だけ。そう決めていた。

「このビッチが。くそ……」

後ろから聞こえてくる憎まれ口。英国人もスラングを使うんだ……と感心しながら、春瀬は部屋をあとにした。


バイト先に『今から行く』というメールを出すと、春瀬はエレベーターに乗った。

「雨か……」

ガラス張りのエレベーターのなかから、雨に濡《ぬ》れたマカオの夜景が一望できる。

朝から蕭々《しょうしょう》と降りしきっている秋雨がこんもりとした水蒸気を立て、極彩色のネオンに煌《きら》めくカジノの輪郭をぼんやりと浮かびあがらせていた。

雨の日のマカオは淋《さび》しい。ざーっと音を立てて降りしきる細い雨が、一瞬にしてノスタルジックな人工都市から極彩色の色彩を奪いとってしまう時があるからだ。

そしてあとに残るのは、空と海の灰色然とした暗さと雨の冷たさ。と同時に、モノトーンの世界に自分が閉じこめられているような孤独感。

そんな時、ふいに他人のぬくもりが欲しくなる時がある。たとえそれが仮初めでも、偽りであったとしても。

「……といっても……別に誰でもいいわけじゃないけど」

コンと指の関節で窓に映った自分の顔を叩く。

ちかちかと点滅するライトに溶けるように、すっきりとした春瀬の風貌《ふうぼう》が映っていた。シャープな顎《あご》のラインをした相貌《そうぼう》に、猫のような、くっきりと吊《つ》りあがった眸《ひとみ》。三つのピアスを左耳につけ、右耳にはひとつだけ孔《あな》を開けている。不揃《ふぞろ》いにしたことに、たいした意味はない。何となく気がつけばこんなふうになっていた。

——クールなアジアン・ビューティか。これのどこが？

自分の顔を見て、春瀬はフンと鼻先で嗤《わら》った。

どう見ても、頭が悪そうで、生意気で、ひねくれた根性の持ち主に思える。

「……て、まんま、俺のことじゃないか」

自嘲《じちょう》めいた呟きを漏らした時、エレベーターのなかに流れている音楽が変わった。クラシック音楽から、センチメンタルな映画音楽『ニュー・シネマ・パラダイス』に。

——この映画……好きだったな。音楽も内容も。見終わったあと、ガラにもなく涙が止まらなかった。

子供の頃、春瀬はあの映画の主人公の少年のように時間の許す限り映画館に通っていた。母が『彼氏』と過ごしているアパートの一室。そこに息子がいると邪魔になるから……というのが映画館通いの理由だったが、春瀬自身、映画がとても好きだったので苦にはならなかった。むしろそこは現実を忘れられる、夢の空間だった。

だが十五の時、唯一の肉親だった母が亡くなり、それからは生きていくのに必死で、映画を観るどころではなくなった。ちょうど同じ頃、大ファンだった映画監督が亡くなり、『どうしても観たい』と思う映画が減ってしまったせいもあるが、映画への興味がすっかり失《う》せてしまったのだ。

そのせいか映画祭の間、どんなに有名な映画監督やハリウッドスターがカジノにきても、春瀬にはさっぱりわからなかった。

かろうじて、昔、テレビで見かけた日本のタレントだけ、『あ、もしかして？』と何となく気づいたような、気づかなかったような。

——そういえば……母さんが死んでからは、一度も映画館に行ってないな。それどころかテレビで放映される映画でさえまともに観ていない。

今の自分には娯楽に目をむける余裕も金もないし……などと内心で呟きながらホテルを出ると、春瀬は二筋ほど路地を進んだところにある自分のアパートにむかった。

マカオの旧市街に建つ古いアパート。

ロマンティックな街並みとは対照的な、薄汚れた建物がひしめくように建つ雑然とした下町の、アパートの小さなワンルームが春瀬のバイト先の従業員寮となっている。そこに住むようになって一年半が過ぎた。

濡れても大丈夫なビニール製のブルゾンを身につけ、駐輪場に留めた中型の二輪バイクに飛び乗る。

春瀬はアクセルを吹かし、雨に濡れたマカオの街を進んだ。

十年ちょっと前までポルトガルの植民地だったこの街は、世界遺産にも登録された古めかしいポルトガル時代の街並みと、中華風の生活風景とが雑然と入り交じった摩訶不思議な場所だ。

中国《ちゅうごく》の特別行政区として、香港同様に他の中華系都市とは政治的にも経済的にも一線を画している。通貨もマカオタイパと香港ドルが中心で、税収の殆《ほとん》どがカジノの収益だ。

カジノと世界遺産、飛び交う広東《カントン》語とポルトガル語……。雑多な文化が溶けあい、世界でここにしかない東西が混在した、エネルギッシュな観光地となっている。

最近では香港よりも人気があるらしく、映画祭が終わったというのに、マカオの街には今夜も大勢の観光客の姿があった。

旧市街を通りぬけ、大きな橋を渡り、対岸にあるタイパ地区までのわずか十数分の間に、日系旅行会社の旗を持った団体客を何カ所かで見かけた。巨大なアミューズメントパークのようなタイパ地区は、マカオがポルトガルから中国に返還されて以来、急激に開発が行われて最新のレジャースポットのある地域だ。

雨に濡れた路上に映る極彩色のネオン。ホテルの屋上でくるくると回っている虹《にじ》色のスポットが地面を明るく照らしている。

雨に煙る海と船のシルエットも見える大通りを進み、バイト先のホテルの裏の路上にさしかかった時、春瀬は、道路の中央に立つふたりの東洋系男性の姿に気づいた。

——なにをやってるんだ、危ない。あんなところで、路面の写真なんか撮って。

あそこは交通事故の多発地域だ。この前も死亡事故があった。

車の量は多くないものの、急なカーブになっていて、猛スピードで走る車が遠心力に負けて事故を起こすケースが多い。

「あいつら、あんなところで。轢《ひ》かれても知らないぞ」

屋根のついた従業員用の駐輪場にバイクを停《と》めた春瀬は、ヘルメットをとり、雨水を払うように軽くかぶりを振った。

肩まで垂れた黒髪の毛先からぽとぽとと雨の飛沫《ひまつ》が飛び散り、濡れた髪をかきあげると、春瀬は『危ないから、舗道に戻れ』と声をかけようと思ってヘルメットを片手に道路を横切りかけた。

その時、春瀬はふいに足を止めた。

ふたりの男のうちのひとり——カメラをもって立っている長身の男の鋭い視線に射貫かれたような気がしたからだ。もうひとりは、彼の傘の陰になっていてよく見えない。

「……」

わずか十メートルほどの距離。そこから注がれるほの冥《くら》く、ひどく冷めた眼差し。雨のマカオの灰色の暗さをにじませたような双眸《そうぼう》だった。

どこか荒《すさ》んだところに自分と同じ匂いを感じ、その相貌を確かめようとした瞬間、クラクションがあたりに響いた。

はっと春瀬は目を見開いた。自分の前に猛スピードで大型バイクが突進してくる。

「――っ！」

激しいスリップ音と、キキーという甲高いブレーキ音が雨音をかき消す。

バイクのライトが、一瞬、鮮やかなスポットライトのように春瀬を照らしだしていた。

濡れた路面に滑り、大型バイクの運転手がバランスを崩す。

次の瞬間、バイクの運転手が路上に投げ出され、運転手のいなくなった大型バイクがスピードに乗って路面を滑ってきた。

ぶつかる――――っ！

とっさによけようとしたその時、長身の男が自分にカメラをむけるのがわかった。

突進してくるバイクのライトに目が眩《くら》む。

雨の飛沫が春瀬の輪郭をかたちどるようにはじけ、あざやかなライトがその姿を浮かびあがらせていた。

ファインダーのむこうから伝わってくる強い視線。どうしたのだろう、なぜか背筋にぞくりと甘い痺《しび》れが走る。

その刹那《せつな》、スペインの闘牛――昔、観た『血と砂』という映画を思いだし、春瀬は口元に笑みを刻んでいた。妖《あや》しい感覚が衝《つ》きあがってくる。あの男に、スリリングな画像を撮らせてみたいという、奇妙な衝動。

春瀬はバイクの前に足を進めた。

大量の水しぶきが顔に降りかかる。春瀬はそれをよけることなく、自分にバイクがぶつかりそうになるスリルを楽しむかのように、わざとその前に立ちはだかった。

「危ないっ！」

路上を歩いていた観光客の間から驚きの悲鳴があがる。

黄色い叫び声。ブレーキ音。大雨のなか、猛スピードで突進してくる大型バイクがまさにぶつかりそうになった瞬間、春瀬はするりとその身をかわしていた。

激しい水しぶきをあげ、轟音《ごうおん》とともにバイクが躰《からだ》ぎりぎりのところを通りぬけていく。

何という心地よさ。妖しい笑みを浮かべた春瀬に、男ははっとした様子で目を見開いていた。カメラをむけたまま、息を凝らしたような表情で。自分の動きひとつひとつに彼が吸いこまれているような不思議な感覚。なぜか躰が痺れた。

「……っ」

躰の脇《わき》を通りぬけたバイクは荒々しい音を立て、そのまま茂みのなかに突っこんでいった。

ガソリンのにおい。雨のなか、もくもくと白い煙があがっている。

「救急車を。誰か早くっ。それから消防車も」

観光客たちの声。あたりは騒然となっていた。

命に別状はなかったのか、反対側の路面に倒れていたバイクの運転手がむくりと起きあがる。足を引きずりながら舗道にむかって歩いていく。

春瀬は濡れそぼりながら、路上に立つ男に視線をむけた。

激しい雨のなか、くるくるとホテルの最上階でまわっている虹色のネオンが、ふたりの姿を交互に照らしては消し、照らしては消し……と何巡かする間、互いに視線を絡めていた。

——見覚えのない男だが、どうして俺をじっと見ているんだろう。

鋭利な、猛禽《もうきん》のような眼差しだ。自分を獲物のように見ていると感じるのは気のせいか。なにか用があるのだろうか。それともただの観光客か。

小首をかしげた時、胸ポケットの携帯電話が鳴った。

早くこい、というチーフからの催促のメール。

春瀬は毛先から滴る雨を払って彼らに背をむけ、ホテルの裏口にむかった。


「……さっきは危なかったな、春瀬。あんな所に突っ立ったりして。自分から車に轢いてくださいって言ってるようなものだぞ」

更衣室に入ると、あとから入ってきた若い従業員が訛《なま》りの激しい英語で話しかけてきた。

「そうだな。気をつけるよ」

「あそこは、この前、死亡事故があった危険なカーブだ。異国の地で事故にあうと、故郷にいる家族が心配する。気をつけないとな」

ポンと肩を叩かれ、春瀬は「ああ」と笑顔でうなずいた。

故郷に家族なんていない。そう正直に返事をしてしまうと、いちいち理由を訊《き》かれるのでなにも口にしないことにしている。

『父親なんて見たことも会ったこともない。それどころか名前も顔も知らない』『母親は彼氏と無理心中して死んだ』と本当のことを英語で説明するのは面倒だ。

——もしバイクに撥ねられてあの世に逝ってたら……どうなっていただろう。

身よりのない流れ者の日本人として、教会の無縁墓地にでも葬られたのだろうか。それとも使えそうな内臓を売られ、適当に遺体を廃棄処理されていたのか。

雨に濡れた髪を乾かして後ろでひとつにまとめると、春瀬は白いシャツに黒いベストといったウェイターの制服に着替えた。

「春瀬、もうすぐ日本人の団体さんがやってくる。早めにフロアに出て、すかさず飲み物の注文をとってくるんだ」

中国系のチーフが更衣室の扉を開け、早口の広東語で話しかけてくる。

さっきメールを送ってきた男だ。このホテルはラスベガス資本のカジノホテルだが、従業員の殆どは現地で採用されたアジア人ばかりだった。

春瀬もそのうちのひとり、アルバイトとして現地で採用されたウェイターだった。

「そうだ、春瀬、支配人から伝言だ。仕事のあと、部屋にくるようにと言ってたぞ」

その言葉に、春瀬は目を眇《すが》めた。

「まだ俺をあきらめてないのか。最近は何も言わなくなったから、てっきり新しいのを見つけたと思っていたのに」

「ここんとこ、映画祭で忙しかったからな。接待や何やらでそれどころじゃなかったんだろう。ようやく落ち着いたら、またおまえのことが気になりだしたようだ」

一カ月ほど前、新たにアメリカ本国から派遣されてきた支配人は、アジア系の若い男が好みらしく、春瀬は何度か情人にならないかと声をかけられていた。

――その代わり給料をあげてやるとか、正社員にしてやるとか言ってるが……ふざけんな、誰があんな奴の情人になんか。

こんな場所で働いていることもあり、一夜の快楽を求める観光客から声をかけられることも多い。相手から提示された金額次第で部屋まで行くこともあるが、そういうことをするのは一夜かぎりの相手と決めている。

誰かと特定の関係を持つのは面倒だ。それが職場の上司というのはなおさらだ。

彼らはこちらを完全に自由にできると思っている。

金と権力のある奴にとって、春瀬のような異国からやってきた無力な人間は、自分たちの自由にできる奴隷同然の存在でしかない。

ましてや今回の支配人は、裏でドラッグの売買に関わっているという噂だ。怪しいセックスドラッグを使い、何人かの従業員と遊んでいるという話も聞いたことがある。

「春瀬、いいかげん支配人の相手をしてやれよ。一回、あいつのを咥《くわ》えてやれば、少しは気が済むはずだ」

「いやだ、俺にも選ぶ権利はある」

タイを締め、ベストのボタンを留めると春瀬はロッカーの鍵《かぎ》を閉めた。

「あのアメリカ野郎、おまえに振られるたび、俺に八つ当たりしてくるんだぞ。暴力的で、気が短い男だ、おまえ、このままだとそのうちどこかで待ち伏せされて、強姦《ごうかん》されるぞ」

「そういう男だからこそ、余計にヤなんだよ」

更衣室の扉に手を伸ばしたその時、すっとチーフが肩に手をかけてくる。

「でも、観光客相手に商売やってるんだろ。ちょっとくらい支配人にもやらせてやれよ」

春瀬はちらりとチーフの胸ポケットに視線をやった。分厚い香港ドルの束。春瀬を説得してこいと金をにぎらされたのだろう。

「断る。男娼なら、他をさがせと言っておいてくれ」

「駄目なんだよ、ただの男娼では。支配人はおまえがお気に入りなんだ。そのきつい目つき、クールな美貌《びぼう》、尖《とが》った態度……。それに妙な色気があって、嗜虐《しぎゃく》心がそそられるそうだ」

指先でツンと頰《ほお》をつつかれ、春瀬はそれを払うように、もう一度、髪を整え直した。

「観光客のくる時間だ、俺は仕事に行くぜ」

前髪が落ちていないか確かめたあと、春瀬は更衣室をあとにした。

アメリカ資本のカジノホテル。正午から夜半まで勤務する時もあれば、今夜のように午後七時頃から夜半まで勤務する時もある。

時給はよくないが、外国人も積極的に雇用して就労手続も行ってくれ、アパートのワンルームを寮として与えられているので満足している。

尤《もっと》も観光客の少ない閑散期は、勤務時間が減るため、バイト代だけで生活するのが苦しくなる時もあるが。

――でも……そろそろマカオも潮時かもしれないな。支配人がしつこいようなら、さっさと姿を消したほうが無難だ。さすがに強姦はされたくはない。個人的にはエキゾチックで、雑然としたこの街が気に入っていたんだが。

そんなことを考えながら、春瀬はカジノのなかに入っていった。

スロットマシンとカードゲーム用のテーブルとで埋め尽くされた巨大なフロア。

目が眩みそうなシャンデリアが煌めく空間に、最新のアメリカンポップスが流れている。

新しく開発されたコタイの中心地に敷地を広げるアメリカ系資本のカジノは、華やかなセレブリティたちがマネーゲームを楽しむ場所として世界的に名高い場所だ。

尤も、マカオのカジノはドレスコードがないため、気楽な格好をした観光客も入り乱れ、そこは無国籍な享楽の場となっていた。

黄金色の巨大なエスカレーターが行き交うホテルのロビーに広がるオープンカフェ。

大理石の床に、何十本もの黄金細工の円柱。

繊細な金細工が散りばめられたヨーロッパのモナコ風の内装に、水晶の置物や螺鈿《らでん》細工の置物といった中華的なものも飾られている。

がらがらと音を立ててまわるルーレット。コインを運ぶ音と飽和する人々の笑い声。

各フロアの中間部にもうけられたミニステージではマジックショーやライブが行われ、奥の薄暗い空間はヒップポップが流れるクラブとなっている。

日本人の団体客はどこにいるのだろう、注文をとらなければ……とあたりを見まわしていると、壁に嵌《は》めこまれた鏡に映るひとりの男と目があった。

こちらを突き刺すような鋭利な眼差し。

殺気にも似た空気を感じ、春瀬は動きをとめた。

すらりとした長軀に、ひと目で自分とは異質な世界の住人だとわかる上質なブラックスーツを身に纏《まと》った優雅な東洋系の男性。

――さっきの男だ……。

ホテルの前でバイクに轢かれかけた時、雨の降る路上からじっと突き刺すようにこちらを見ている眼差しを感じた。一夜の相手にしようと値踏みされている——というよりは、猛禽に狙われた獲物にでもされてしまった気分がした。

俺になにか用でもあるのか？　あの時も鋭い目で見ていたけれど。

あからさまなまでにまじまじと見つめられ、戸惑いがちに小首をかしげたその時、彼に話しかけた男の顔を見て、春瀬は目を見開いた。

——あれは……早河《はやかわ》杏也《きょうや》だ。ちょっと前に引退した映画俳優の……。

そういえば、さっき、自分にカメラをむけていた男の陰にもうひとり、すらりとした長身の男がいた。

暗くてよく見えなかったが、あれが早河杏也だったのだろうか。

心臓が高鳴る。芸能人には興味はないが、早河杏也は違う。春瀬は、いつも彼を主役に起用していた黒木監督の大ファンだった。黒木監督の死とともに引退し、その後、早河がどうしているのかは知らなかったが。

——信じらんない。早河杏也が目の前にいる。俺と同じ空間にいる。

早河は当時からその整いすぎるほどの美貌で女性に大人気だったが、引退した今もその玲瓏《れいろう》とした美しさは変わらない。

一方、彼のそばにいる、猛禽の目をした男も風貌では負けていない。年齢は早河よりも十歳くらい年下だろうか。理知的なまでに整った風貌と、すらりとしたモデル体型は、フロアにいる客のなかでひときわ目立っている。

ふたりは肩をよせあい、旧知の親友か仲のいい兄弟といった雰囲気で親しげに話をしている。本当に親しい仲なのだろう、ふたりとも心の底から和んだ表情をしている。

早河と知りあいということは、あの猛禽の目の男も役者なのだろうか。確かにスタイルはいいし、人目をひく、整った容姿をしている。二年近く日本を離れているので、むこうの芸能界のことはよくわからないが、きっとそうに違いない。

そんなふうに鏡ごしに確かめていると、ふたりのまわりに、次々とテレビや映画で観たことのある役者たちが集まり始めた。

「これは皆様、ようこそ。どうぞあちらへ」

うやうやしく頭を下げながら、先ほど更衣室にいたチーフが彼らに声をかけている。

ああいう上客には、春瀬のような下っ端のバイトは自分から声をかけて注文をとってはいけないことになっている。

むこうから声をかけられた時は別で、欧米系の客には流暢《りゅうちょう》な英語で、中国系の客にも広東語で対応できるようにふだんから指導されていた。

といっても春瀬が主に注文をとる相手は、日本からやってきた団体ツアーの客たちだ。

前方のフロアに見覚えのある日系の旅行会社のバッジをつけた十数人の団体を発見し、春瀬は近づいていった。

「ようこそ。ご注文をおうけいたします」

笑顔をうかべ、日本語で話しかける。

ひとりずつ飲み物の注文をとり、カジノについて質問されれば笑顔で応じながらも、時折、ちらちらと春瀬の視線は猛禽の目の男を追っていた。

同じようにむこうもこちらの様子を確かめているように感じるのは気のせいだろうか。それとも、彼はなにか自分に特別な感情を抱いているのだろうか。

どことなく不気味な気がした。

だが、彼の外見は決して嫌悪を感じるようなタイプではない。

むしろ大正ロマンに出てくる青年将校や時代劇の若武者が似合いそうな、清涼感に満ちた上品な風情だ。現代ものでも、音楽家や指揮者のような、少し浮世離れした世界の役が似合いそうに感じた。

他の映画関係者たちがバカラやルーレットに興じているというのに、彼はそのどれかに参加するわけでもなく、物憂い表情でじっと佇《たたず》んでいる。

ガラス細工の照明がスポットのように彼に降りそそぎ、すらりとした長身の肢体のシルエットが大理石の床に細長く刻まれていた。

その姿はマカオのカジノで、奇妙なほど浮きあがっていた。

一攫千金《いっかくせんきん》を求めて集ったぎらついた目つきの中国からの客や、大金が飛び交う非現実的な世界に圧倒される観光客のなかで、何となく、彼だけは、そうしたリアルな世界とは別のところにいるような、典雅で静謐《せいひつ》な空気を感じた。

——カジノに遊びにきた……というより、うっかり迷いこんだような風情だ。

そんなふうに感じてはいたが、次々と現れる日本人の団体客相手に、せっせと働いているうちにいつしか男の存在も頭から消えていた。

それにしても今夜は日本人が本当に多い。ゴールデンウィークや夏休みほどではないにしろ、九月は連休があるので観光客がよくやってくる。

日本から数時間でこられる近場というだけでなく、カジノやサウナといった娯楽施設が充実し、さらにはエキゾチックなヨーロッパ風の街並みと中華風の風情が味わえる場所として、このところ、随分人気があがっているようだった。

ようやく団体客が減り始め、ほっとひと息ついた時。

「君、少しいいか」

後ろから日本語で声をかけられた。春瀬は立ち止まり、静かに振り返った。

闇を溶かしたような黒い双眸と視線が絡む。

あの男だ……。そう認識した途端、胸の奥にどういうわけか不思議な熱のようなものが広がるのを感じた。

「なにかご用でしょうか」

しかし春瀬は反射的に営業用の笑みを浮かべた。

「よかった。日本人か。それなら大丈夫だ」

ちらりと春瀬の胸の名札を一瞥し、男がほっとしたように独り言を呟く。

「あの……」

「あ、そうだ、なにか飲み物を。コーヒー、いや、マカオビールを」

低く、やわらかみのあるいい声。その黒髪も眸も、上質の漆《うるし》のような艶《つや》のある黒をしていて、本当に自分とは違う世界の人間に感じられた。

「かしこまりました」

一礼し、その場を去ったあと、カウンターでビールをうけとり、彼のもとに運んでいく。

「……どうぞ」

ビールのグラスを渡すと、彼はなにか言いたげにじっと春瀬を見つめた。

さぐるような、射貫くような目。間近で見ると、こちらを犯しているような、荒々しさを感じなくもない。優雅な風情とは、あまりにも裏腹なまでに鋭い眼差しに春瀬は目を眇めた。

「あの、君、つかぬことを聞くが、今夜は何時までシフトに入っているんだ?」

少し言いにくそうな物言い。その目でとうにこっちを犯しているくせに、話し方は随分と慣れていない……と、春瀬は内心で苦笑した。

「今夜？　どうして……ですか？」

春瀬は丁寧に問いかけた。

「怪しい者じゃない、君にバイトを頼みたくて」

やはり今夜の誘いか。淡泊そうな外見とは違って、随分と大胆な奴だと思ったが、彼が外国ではめを外したい気持ちも理解できた。

めったにいないほどの清潔で知的な容姿。雑誌の『結婚したい男性』のアンケートでは、絶対に上位に入りそうなタイプだ。そんな雰囲気の俳優が日本国内で若い男性を買春すれば、とんでもないスキャンダルになる。外国くらいでしか、好きに遊べないのだろう。

「幾ら？」

斜めに見あげ、春瀬は小声で囁《ささや》いた。

「えっ？」

「バイト代、幾ら払ってくれるのかって聞いてるんだよ」

「いいのか？」

「値段次第だけど」

ぼそりと答えると、彼の顔がほっとしたような、安堵《あんど》の笑みに包まれる。

「本当にいいんだね？」

「あ、ああ。だから値段次第で」

「一万香港ドルくらいで……いいか？」

「それ、高過ぎ。このホテルでの一カ月分のバイト代くらいだ。いくらなんでもそこまでぼったりしないよ」

　相場を知らないということは、男娼を買ったことはないのか。

「わかった、じゃあ、あとで交渉しよう。俺は別のホテルに泊まっているんだ、できたらそこで静かに話がしたい」

　甘やかで、こちらを包みこむような優しげな笑み。春瀬は訝《いぶか》しげにじっと男を見た。

　変な奴……。男娼からＯＫをもらったくらいで、こんなにも幸せそうな表情をするものだろうか。それとも日本ではそこまで抑圧された生活を送っているのか。

「じゃあ、俺はちょうど一時間後にあがることになっているから」

　その時にここで……と言いかけた時、ちらちらと彼を見ている若い女性の集団に気づき、春瀬は言葉を止めた。

　日本の大手旅行会社のバッジ。彼のファンかもしれない。

「あれって……じゃない？」

「ホントだ、すごい」

「ラッキー。サイン、もらおうよ」

　ひそひそと彼女たちが話すのが耳に入り、春瀬はクイと親指を立てて集団を指さした。

「彼女たち、あんたのファンみたいだぜ。話の続きはあとで。落ち着いたら、従業員の出入り口にでもきてくれ」

こんなところで男をナンパしている姿を見られるなよ……という意味をこめ、その肩をポンと叩くと、春瀬はその場をあとにした。フロアを横切りながら、ちらりと振り返ると、女性たちは頬を赤らめながら彼を取り囲み、次々とサインをねだっていた。

さわやかな笑みを浮かべ、穏やかな物腰で気軽にサインに応じている姿。

その眼差しには、自分を見る時のような、荒々しい猛禽のそれはない。実に紳士的で、心があたたかくなりそうなほど優しげだ。

——何だ、そのさわやかな態度は。精力旺盛《おうせい》なホモ野郎のくせに……。

心のなかでそう毒づきながら、春瀬は男に背をむけた。

「……春瀬」

バイトの時間が終わり、更衣室にいこうと従業員の入り口の扉を開けると、そこに佇んでいた支配人の顔を見て、春瀬は目を眇めた。

あたりに他の従業員の姿はない。人払いし、ここで待ち伏せていたらしい。

「帰る前に、私の部屋にこいと言っておいたはずだが」

癖のある焦げ茶色の髪、酷薄そうなブルーグレーの双眸と眼窩《がんか》に刻まれた深い皺。巨大な体軀。四十前後ということらしいが、欧米人は東洋人よりも老けて見えるため、春瀬の目には五十過ぎぐらいの男性に見える。

「すみません、忘れてました」

「今からでも遅くない。私の部屋にきなさい」

「でも、俺、今夜は先約があるんで」

髪をかきながら、そっけなく呟くと、支配人がぐいと腕を摑んできた。

見ればその手には、香港ドルの札束。今月分の給料だろう。それを威《おど》しの材料にするつもりなのか。流れ者のように暮らしている春瀬には銀行の口座もクレジットカードもないため、一カ月ごとの現金払いになっていた。

「観光客の相手はできても、私の相手はできないというのか」

「俺……特定の人とはつきあわないことにしていて。だから…」

すみません、と頭を下げようとした瞬間、ガツンと頰に激しい衝撃が奔《はし》った。勢いよく拳《こぶし》で叩かれ、後頭部から壁にぶつかる。

「……っ！」

一瞬、脳が痺れたようになり、ぐらりと視界が眩んだ隙《すき》に、髪をひき摑まれて大きく振り倒される。

床に膝が落ち、髪を留めていたゴムが外れてばさりと髪が肩に落ちてきた。唇の端にひりひりとした痛みを感じ、苦い鉄の味が舌先に流れこんでくる。

「いいのか、私に逆らったら今月分のバイト代が消えてなくなるぞ」

グイと髪を鷲掴《わしづか》まれたまま、顔をひきあげられる。支配人は香港ドル紙幣を春瀬の目の前にちらつかせてきた。

「この野郎……暴力に威しか。……最低だな」

乱れた前髪の隙間《すきま》から、きつい目で睨《ね》めあげると、支配人はニヤリと笑った。

「おまえのそういう態度にはそそられる。ひれ伏させ、私の吐きだしたものでその綺麗《きれい》な顔を汚してみたいという」

これ以上、逆らうのはやばそうだ。目の焦点があっていない。目の下が青黒く窪《くぼ》み、眼球だけが異様なほどぎらついている。ドラッグに侵されている人間特有のものだ。

一カ月前、支配人に着任した当初はこんな表情をしていなかった。もっと普通のアメリカ人といった感じだった。

このホテルの資本をマカオのマフィアが狙っているという話を小耳に挟んだことがあるが、誰かに嵌められて中毒にさせられたのか？

春瀬は息を呑《の》み、男の様子を確かめたあと、だらりと躰の力を抜いて壁にもたれかかった。

「なら、早くやれよ。ただし一回だけだ。あと、ドラッグ抜き、それからゴムは必ず装着すること、それが条件だ」

「生意気な男だ。まあ、いい。そういう男は嫌いじゃない」

春瀬の髪を片手で鷲掴んだまま、支配人は自分のファスナーを下ろした。

「舐《な》めろ」

目の前に突きだされたグロテスクな性器はすでに肥大しつつあった。春瀬は目を眇めたまま、冷ややかにそれを見た。

いっそかじってやろうか。悲鳴をあげてのたうちまわらせるのも面白い。それとも嚙《か》みきって使いものにできなくしてやろうか。タマをにぎり潰《つぶ》してやってもいい。

だが、そんなことをすれば警察に捕まってしまう。

下手をすれば、この男の部下かなにかに袋だたきにされ、外港に投げこまれることもある。それにやはり一カ月分のバイト代は欲しい。

——仕方ない、一回だけだ。そのあと……バイト代をもらったら、さっさとこのホテルをやめよう。寮からも早々に出て。

頭のなかでこのあとのことを算段しながら、春瀬は目の前のそれを口に含もうとした。しかし気持ち悪さが胸に湧《わ》き、どうしても咥える気になれない。

「う……」

「早くしろ！」

忌々しそうに吐き捨て、支配人は春瀬の髪をさらに強くひき摑んだ。ぐぅっと、そそり勃《た》つものを唇の前に尽きだしてくる。

「ん……んんっ……」

勝手に躰が拒否し、かぶりを振ってしまう。だが大柄な男に押さえつけられ、春瀬は身動きひとつとれない。唇を無理やりこじ開けられそうになった瞬間。

「やめるんだっ！」

バンッと出入り口の扉が大きな音を立てて響き、男がなかに飛びこんできた。

「なにをしているっ！」

さっきの日本人だ。猛禽の目の彼……。

「どうして……あんたが……」

「君が気になって。きてみたら、こんなひどい目に……。この男、よくも」

怒りに満ちた口調。彼は春瀬から引き剝《は》がそうとその男に摑みかかろうとした。

「何だ、この日本人は。おまえの男か！」

反射的に支配人は彼に殴りかかった。

「うっ……」

もろに拳が彼の腹部に埋めこまれ、その足下がぐらりと揺れた。

日本人の胸ぐらを摑み、支配人が手を振りあげる。顔を真っ赤にし、怒りに目を血走らせていた。

駄目だ、このままでは日本人がやられてしまう。どう見ても彼のほうが弱そうだ。

「この日本人がっ、邪魔をしやがって！」

さらに支配人が男に殴りかかろうとし、とっさに春瀬はその腕に手を伸ばしていた。

「やめろっ！　この人は関係ないんだ」

勝手に躰が動いていた。支配人の腕を払いあげ、体軀《たいく》の内側に入りこんで床に投げ落とす。

一瞬の早技。ふだんは使わないようにしている香港で習った武道の投げ技を、反射的に使った。

「うぐっ」

どさっと音を立てて支配人が床に胸から倒れこむ。

大きく床が振動したはずみで、チェストに飾られていたクリスタルの花瓶が床に落ち、飾られていた大輪の蘭《らん》が散乱し、割れたガラスがバラバラとあたりに弾《はじ》ける。

ふわり…と噎《む》せるような花の匂いが鼻腔《びこう》を撫《な》で、長い髪が頬へと落ちて唇にかかった。

春瀬は冷ややかな眼差しで支配人を見下ろし、艶笑《えんしょう》を唇に浮かべると、その腕をぐぅっと押さえこみ、関節を外してやった。

「うぐっ」

小気味よく関節の外れる音。支配人が痛みにぴくりと躰を震わせる。濃密な蘭の香りをすっと肺腑《はいふ》に染みこませるように息を吸い、春瀬は乱れた髪を無造作にかきあげた。

その時、ふいに官能的な眼差しを感じ、春瀬はちらりと日本人に視線をむけた。

呆然《ぼうぜん》と佇みながらも、春瀬の姿を絡みとろうとするような眼差しで捉《とら》えている。強烈にこちらの胸の奥を抉《えぐ》ってくるような闇色の双眸。

春瀬はさっき殴られた頬の痛みをこらえながら、その男の腕に手を伸ばした。

「逃げるぞ」

「え……」

「いいから、早く」

春瀬は首からタイをひき抜き、その場に投げ捨てると、男の腕をひっぱって従業員用の出入り口の外に出た。そのまま近くにあった螺旋《らせん》状の非常階段をまっすぐ降りていく。

「あんた、ホテルは?」

「えっ」

「別のところに泊まっているって言っただろ。今からそこにむかうぞ」

「あ、ああ、それはかまわないが、大丈夫なのか」

「大丈夫もなにも、逃げるしかないだろ。荷物はそれだけ?」

春瀬は彼の肩からさがった大きめの鞄に視線をむけた。

「え、ああ。帰るつもりだったから」

「よし、じゃあ行くぞ」

通用口から出ると、アシがつかないよう別のホテルのタクシー乗り場にむかって、そこで一台の車に乗りこむ。

男は大きな橋のむこうにあるマカオ半島のアンティーク・ホテルの名を口にした。昔の海軍の提督の館《やかた》を改造した、五つ星の穴場ホテルだ。

「あの……ところで、君、今……一体なにが」

タクシーが走り出し、男は不思議そうに尋ねてきた。

「支配人が俺を犯そうとして、あんたがそこに飛びこんできたんだ。支配人にあんなことをした以上、俺はクビだ」

「あの男、支配人だったのか？」

驚いた様子で、男が問いかけてくる。

「ああ。おかげで今月分のバイト代がゼロだ」

「すまない、俺が余計なことをしたばかりに。君が従業員用の出入り口に入っていったあと、他の従業員たちに、マフィア風の男が、そこに入るなと命じているのを見て。それでなにか困ったことになっていたらと心配になって。人がいなくなった隙に……」

うなだれた様子の男の言葉に、春瀬はふっと苦笑した。

「支配人の野郎……やっぱり人払いしてたのか」

「なにかまずいことになっていたのか？」

「まずいというほどじゃないけど、あいつに気に入られて。バイト代をネタに威してきたから、一回だけ、チンコ、咥えさせられて、尻を掘らせるくらいは我慢したほうがいいかもしれないと覚悟はしたけど、どうしても躰が拒否って。その時にあんたが入ってきて」

さらりと言った春瀬の言葉に、男は困惑したように尋ねてきた。

「あの支配人……そんなひどいことを君に？」

「別にひどかねーよ。よくあることだ」

明るく笑って言ったが、男は腹立たしさが抑えきれない様子で「くそ、何てひどい話だ。思い切り殴ってやればよかった」と呟き、タクシーのシートをドンと拳で叩いた。

そんなことをしたら、あんたが袋だたきにあったぞ……と言いたかったが、自分がされた仕打ちに、他人が本気で怒りを感じていることに、奇妙なくすぐったさを感じ、春瀬はなにも言わなかった。

「そうだ、君のバイト代、俺から話をつけよう。マカオに有力な知りあいがいるんだ」

男は胸から携帯電話をとりだした。ぐいとその腕を摑み、春瀬は切れ長の目で睨《にら》みあげた。

「余計なこと、すんな」

「だけど」

「こいつは俺の問題だ。ちょっかい出されたら、余計にややこしくなる」

「でも君が困るだろう、このままだと」

心配そうに問いかけられたが、春瀬はついと視線を背けた。

あんたには関係ない、という無言の拒絶の意味で。

「あ、じゃあ、どうだろう。その分、俺がバイト代に上乗せするよ。確か、一カ月のバイト代が一万香港ドルだと言っていたな。それだけ君に払うから」

「え……？」

春瀬は目を眇め、訝しげに男を見た。

「今夜、君は俺のホテルに泊まる。そのまま明日も一日つきあってくれ」

「じゃあ、明日、ずっとホテルに籠《こ》もって？」

ずいぶん精力が旺盛なんだと思ったが、どうやら彼の目的は違ったらしい。苦笑し、彼は否定してきた。

「俺の名は、矢倉涼司。日本からの観光客なんだ。マカオは初めてではないけど、まだ中国に返還される前にきただけで、街にはあまり詳しくないんだ。だが明日一日、友人と一緒にマカオの名所の写真を撮りにまわる約束になっていて。通訳とガイドをひきうけてくれないか」

「通訳とガイド？」

「ああ。ついでに写真のモデルも」

「写真て……あんた、カメラマンかなにか？」

「あ、ああ、まあ似たようなものだ。正式なカメラマンてわけじゃないが」

映像関係者……といったところか。あまりにも整った容姿をしているので、最近、人気が出てきた役者だと思っていたが……。

「それで仕事の資料作りにマカオの写真が必要なんだ。だから案内して欲しい」

「そうだ、友人というのは、さっき一緒にいた人？　昔、映画に出ていた早河って人」

「あ、ああ、そうだ。早河さんは昔は役者だったよ。今は俺の仕事仲間だ」

「随分親しそうだったけど」

「ああ、親しいよ。子供の頃からよく知ってる。家族みたいなもんだからな」

「あの人も同じホテルに泊まってんの？」

「いや、彼はあの近くのホテルに、別の仕事関係者と泊まっている。俺は賭《か》け事が苦手で、騒がしいところも駄目なんで、ひとりだけ別行動しているんだ。でも、明日は彼もくるから」

明日、あの人もくる。そう思うと、どういうわけか胸が熱くなった。

子供の頃、映画館で初めて観た映画に主演していた綺麗な役者。香港とマカオを舞台にした、アクション映画だったが、まさかその役者にこのマカオを案内することになるとは。

知らず口元に笑みを浮かべた春瀬に、矢倉と名乗る男が怪訝《けげん》な顔で尋ねてくる。

「早河さんのファンなのか？」

春瀬はじっと男の顔を見た。外の明かりが彼の端整な顔に濃密な影を刻んでいる。その目線で、何となく彼が不快そうにしているのがわかった。もしかして妬《や》いているのか？

「だったら？」

「たのめばサインくらいくれるだろう」

「……高く売れる？」

「君はそういう思考の持ち主なのか？」

咎《とが》めるように言われ、春瀬は舌打ちした。

「当然だろ。俺は文なしなんだ、今は金のことしか頭にねえよ」

春瀬は矢倉から視線を背け、窓に頭をあずけた。雨はまだ激しく降り続いている。ちらりと後方に視線をむけると、華やかなホテル群がちかちかとネオンを点滅させている。

そういえば、ホテルの駐輪場にバイクを停めたままだ。それに携帯電話も財布もなにもかもロッカーに入ったまま。

しかしもしものことを考え、パスポートとマカオＩＤはいつも携帯している。盗まれることが多いからだ。それだけでもよかったとしよう。携帯電話もバイクもホテル側から借りたものだ。財布はといえば五千円ほどしか入っていない。それよりもこの男がくれる一万香港ドルのほうがありがたい。

「安心しろ、金がないからって、あんたの財布をとって、朝いなくなったりするような真似《まね》はしないから」

ボソリと春瀬が言うと、矢倉はおかしそうに笑った。

「そんなこと、想像もしなかったよ。確かに、それは困る」

話し方も笑顔も本当に穏やかで、とても上品だ。裕福な家庭に生まれ、上等の暮らしをしてきた男特有の、身の内側からにじみ出てくる優雅さ。そんなものを感じる。

そんな男がどうして、自分のような荒んだ暮らしをしている男娼もどきに声をかけたのか。

疑問はそれだけじゃない。初めて会った時、どうしてあんなふうに鋭い目でこちらを睨みつけていたのか。支配人から助けてくれたり、話をつけようとしてくれたり……と、他人とは思えないほど優しくしてくれるのに。

いろんな疑問が湧いてくる。しかし深く追及する気はなかった。

わからないなら、わからないままでいい。どうせ一晩と一日のつきあいだ。金をくれると言っている以上、それをありがたく受け入れるだけ。

ぼんやりとそんなことを考えているうちに、タクシーはマカオの旧市街を通り過ぎ、彼の泊まっている瀟洒《しょうしゃ》なホテルに到着した。

# SCENE2

矢倉の泊まっているホテルにつくと、ちょうど雨が止《や》んでいた。

緑の森に囲まれた高台に建った隠れ家風のそのホテルは、世界から切り離されたようにうっすらと淡い靄《もや》のなかにあった。

人気のないロビーをぬけ、連れて行かれたのは、淡いオレンジ色の壁に、木製の家具や天井で統一された、南欧風の広々としたスイートルームだった。

「ここで少し待っていてくれ」

矢倉は応接室のソファに春瀬を座らせ、ワインを差しだしたあと、用があると言って続き間になった奥の寝室で誰かに電話をかけていた。

「ああ、明日の予定だけど……」

扉のむこうからうっすらと聞こえてくる話し声。多分、早河と、明日の予定でも話しあっているのだろう。

ワインを口に含み、春瀬はぼんやりと窓を見た。

雨が止み、街の明かりが煌めいて見える。窓ガラスには、壁についた仄《ほの》かな照明が映りこみ、野良猫のような春瀬の顔を浮かびあがらせている。

何でこんなところに自分がいるんだろう、と、ふと冷静になる。支配人を怒らせたままホテルを飛び出し、出会ったばかりの男のホテルにきているとは。

部屋の備え付けのオーディオからは、さっきから古めかしいファドが流れている。

ポルトガルの女性歌手だろう。闇に深く落ちるような旋律に絡みつくように、しゃがれた声で絞り出すように歌う歌が印象的だ。

夜の底に浸透し、マカオのネオンと溶けあうような旋律。哀愁に満ちた女性歌手の声に耳をかたむけていると、矢倉は電話を終えて応接室に戻ってきた。

清潔そうな黒い髪、理知的な風貌。引きしまった精悍《せいかん》な体軀にブランド物のスーツをさりげなく身につけた姿は、一見、国家官僚かエリートビジネスマンといった風情だ。

けれどどういうわけかそれだけではなく、どこか荒廃した獰猛な匂いを感じる。飢えた野生の猛禽のような匂いを。

そんなふうに分析しながら見ていると、矢倉が声をかけてきた。

「……今夜は、これを着て寝てくれ。制服のままだと窮屈だろう」

ホテルに備え付けられていたパジャマをポンと手渡される。さらに白いカッターシャツと紺色のズボンを手渡される。触ったことがないような質のいい生地の服だった。

「明日、街に出たら、君に似合う服を買おう。それまでは悪いが、これを。サイズは少し俺のほうが大きいかもしれないが」

「俺はジャージの上下でいいのに」

「そういうの、持ってないんだ」

「ふーん、確かに……似合わなさそうだな」

春瀬は片頬をあげて笑った。その時、さっき殴られた唇が少し痛み、思わず顔を歪《ゆが》めた。

「唇の傷……痛むか？　なにか傷薬を」

「いや、大したことはない。明日には治ってるよ」

「それならいいが。じゃあ、なにかあたたかいものでも淹《い》れよう。このホテル、いいフレーバーティーがあるんだ」

矢倉はカップを出し、紅茶の葉をポットに入れると、そのまま湯を足した。部屋に広がっていく甘いフレーバーティーの匂い。ほんのりとバニラの匂いが混ざっている。

カップを渡され、口に含むと、すーっと躰の疲れや頬の痛みが抜け落ちるような優しいあたたかさが全身に広がっていった。

冷えていた躰の隅々に血が通っていくような、乾燥した冬の夜にゆったりと湯に浸かった時のような満たされた感覚。もうずっとこういう感じを忘れていた。

「おいしい」

ぽつりと呟いた春瀬に、矢倉は目を細めて微笑した。

「だろ、こういうの、得意なんだ」

「女みたい。てか、おっさん、フレーバー系の紅茶が好きって……ちょっとキモくね？」

頬を歪めて言うと、矢倉は苦笑いした。

「別に俺は紅茶が好きなんじゃない。紅茶やコーヒーをおいしく淹れるのが好きなだけだ」

そういうセリフも、気持ち悪いと言いたかったが、やめておくことにした。この男の雰囲気とその言葉がとても合っている気がしたからだ。

確かめるようにその顔を見たあと、春瀬は味わうように紅茶を口内に含んだ。

口内に溶けるような優しい味、ほんのりとした甘い香り。躰が少しずつあたたまり、幸せになった気がしてくる。たかがこんなものでおかしな話だけど……と、自嘲気味に笑うと、なにを勘違いしたのか、矢倉はこちらを気遣うように顔をのぞきこんできた。

「気分、悪いのか？」

「……いや」

「心配なら、前金を払っておこうか」

「別に疑っちゃいねーよ」

「あ、でもとりあえず、これを。今、現金はこれだけしかなくて約束の半分しか払えないが、残りは、明日、銀行に行った時に」

矢倉は財布から手持ちの香港ドル紙幣を出し、春瀬の胸ポケットに入れた。

春瀬は視線を落とし、ちらりと胸ポケットを一瞥《いちべつ》したあと、じっと矢倉を凝視した。すると彼は春瀬のあごに手を伸ばしてきた。

「……」

吸い寄せるような眼差しで見つめられ、春瀬は視線がはずせなくなった。

ああ、この目だ。雨のなかで見た時から気になっていた目。

こちらが気おくれしてしまいそうなほど清雅な風情をしているくせに、この目だけが飢餓感に満ちていて、ふとその奥をのぞいてみたくなる。

この視線をむけられると、なぜかすべての衣服を荒々しく剝ぎとられ、裸体を晒《さら》されてしまったような錯覚を覚えるのだ。

もっとこの眼差しを浴びてみたらどんなふうになるだろう。

娼婦《しょうふ》のように嬲《なぶ》られるのか、濃厚なポートワインを呷《あお》ったときのように酔わされるのか、それとも神の炎となって皮膚の下まで焙《あぶ》ってくるのか——それが知りたい。

そんな奇妙な衝動が胸の底から押しあがり、じっと男を仰視する。

同じように矢倉もこちらを観察していたのか、手を離すと、ぼそりと呟いた。

「プライドの高そうな、ネコ科の動物のような目をしている」

ネコ科の動物？　なら、あんたは猛禽だなと言って笑ってやろうかと思ったが、一日だけの相手と深入りした話をしても仕方ない。

今夜、セックスして、明日、街を案内して……そのあと、もう一回、やることになるのかどうかはわからないけど……たかがその程度の相手だ。

おしゃべりはこのへんにして、さっさとやることを済ませ、心地よさそうなこの部屋のベッドでたっぷりと眠りたい。

そう思って紅茶を最後まで一気に飲み干そうとしている春瀬に、矢倉は言葉を続けた。

「でも、君の目は飼い猫のそれじゃないな。随分と冷めている。何の感情もなさそうな、なにも求めず、なにも見ていない」

「つまり野良猫のようだって言いたいんだ」

「ああ。腹が減っても決して媚《こ》びようとしない。一見、危うさをにじませているので手をさしのべたくなるが、どんなに近づいても一定の距離を保ち、触れると爪を立てそうな風情」

春瀬は紅茶を飲み終えると、すくっとソファから立ちあがった。

「それ、当たってない。俺は身よりもないし、住むあてもなくて野良猫みたいに生きてるけど、腹が減ったらちゃんと媚びるよ。だからここにきてるんじゃないか」

ドンと力任せに足でソファテーブルを退け、矢倉の前に空間を作る。

「くだらない話はそのへんでやめて、そろそろ始めようぜ」

春瀬は長めの髪を無造作に後ろに縛ると、矢倉の足下に膝をついた。ベルトに手をかけると、とまどいがちに矢倉が息を呑んだ。

「おい」

「先に気持ちよくしてやるから」

ファスナーを開け、性器を掴みだそうとした瞬間、反射的に矢倉は春瀬の肩に手を伸ばして動きを止めようとした。

「ちょ……待て……っ」

ちらりと上目遣いで春瀬は矢倉を見あげた。

「フェラはイヤなのか？　先に挿《い》れたい？」

「いや、そうじゃなくて、どうしてそんなことを」

心底とまどっている様子の矢倉に、春瀬は小首をかしげた。

「あ、もしかして、ＳＭ系の人？」

「まさか。そんな趣味はない」

「だろうな、どう見ても、ノーマルそう。あ、挿れたいんなら先に挿れろよ。ただしちゃんとコンドームつけて」

春瀬は立ちあがると、ベストを脱ぎ、ポケットから出したコンドームをポンとサイドテーブルに投げた。

矢倉は怪訝な眼差しで、コンドームの袋に視線をやった。

ブルーの透明な正方形のパッケージ。その目はひどく不快そうな色をにじませている。

「君は……いつもそれを持ち歩いてるのか」

吐き捨てるような、投げやりな物言い。春瀬は舌打ちした。

「仕方ないだろ。いきなり生でやりたがる奴が多くて……自分で防御するしかねーだろ。男だから孕《はら》むことはないだろうけど、ビョーキ、移されたくないし」

その言葉に、矢倉はふっと嘲笑《あざわら》った。

「まいったな……」

「あの……」

「君は……その……よくこういうことをしているのか」

矢倉はとまどいがちに問いかけてきた。

「よくって……ほどじゃないけど、たまに」

「さっきは、そういうのはゴメンだと言ってたじゃないか。あのホテルの支配人にやられそうになっていた時……だから、俺はてっきり……」

てっきり自尊心の高い、孤独な青年とでも思っていたのか?

「どうしたんだよ、偽ブランドでも騙《だま》されて買ったような顔をして」

話しかけても矢倉から返事はない。うつむき、深々とため息をついたあと、くしゃくしゃと髪をかいている。

「俺がなにしようと、俺の勝手だろ。躰売ってる男なんて、マカオにはごまんといるのに」

投げやりに言った春瀬の発言に、矢倉は眉間《みけん》に皺を刻んだ。無性に腹を立てている様子で。

「そうか……君はそんな奴だったのか」

冷ややかな、棘《とげ》を含んだ言い方だった。彼にとって、春瀬は見込み違いの買い物だったらしい。怒りを通り越し、激しい虚《むな》しさを感じているような矢倉に、春瀬は彼が自分に対してひどい失望感を抱いていることに気づいた。

「俺に失望したんだ」

一体、どんなドリームを描いて誘ったのか知らないが、見込み違いだったとはいえ、自分から誘っておいてこの態度はひどいんじゃないか。

「そうじゃないけど……あ、じゃあ、ひとつ訊くが、客のなかには日本人の観光客も？」

「あ、ああ。どっちかつーと、日本人のほうが。日本にいた頃からで……慣れてるし」

「日本にいた時から？　マカオにどのくらいいるのか知らないが、君はまだ二十歳そこそこだろ。一体、何年くらいこんなことをしてるんだ」

「そんなこと……どうだっていいだろ」

いちいちあんたに説明する必要があるのか？

そう続けたかったが、あまりにも落胆し、あまりにもこちらに嫌悪を抱いている矢倉の態度に、春瀬のほうも虚しい気持ちになってきた。

バカバカしい、俺はこんなところにきてなにをしているんだろう……と。

「あ、でもせっかくだし、教えといてやるよ。こういうことは七年くらいしてる。東京《とうきょう》でも香港でもマカオでも。学歴も資格もないし……生活費に困ったら、俺にはこれしか稼げる方法ないだろ。金払いがよかったら、複数が相手でも喜んでベッドに行ったよ」

嫌われついでにどこまで嫌われるか、ふと試してみたい自虐的な気持ちになり、少しばかり大げさに言ってみた。

矢倉は眉間の皺をますます深め、忌々しそうにかぶりを振る。

「最悪だ。……それでは使い物にならない」

使い物……。そんな奴を相手にして、自分は汚れたくない。そう宣言された気がした。

じっと彼を見つめると、さっと視線をずらされる。

気まずい沈黙。ここに春瀬がいることさえ嫌がっているような、同じ空気を吸うのさえ穢《けが》らわしいと言われている気がしてきた。

金を返して出て行こう。ここにいても時間の無駄だ。そう思って立ちあがった時、部屋に流れる音楽が変わった。

「あ……この曲……」

春瀬は目を細めた。ざーっと降り出した雨の音と、カタカタと窓枠を軋《きし》ませる風の音に混ざり、やわらかな、センチメンタルなメロディが部屋全体をそれまでとは違った不思議なほど優しい空間へと作りかえていく。

ついさっきまでこちらを寄せつけたくなさそうにしていた矢倉の表情も、初めの頃の穏やかなものに戻っていた。

「この曲……知ってるのか？」

抑揚のある声で問いかけられ、春瀬はうなずいた。

「……この映画、好きだった」

『ニュー・シネマ・パラダイス』のテーマ曲だ。ジャズアレンジしたものを、女性ボーカルが歌っている。透き通るような美しい歌声が南欧風の部屋に静かに飽和し、幼い日によく通った映画館を思いだす。

小さな工場が建ちならぶ、煙突だらけの街にあった小さな映画館。

春瀬の住んでいたアパートの真裏にあった煤《すす》けた倉庫のような建物に、座り心地の悪い座席が無造作に置かれていた。封切りから何年かしたあとの名画を、なにかの折りに思いだしたように、二本か三本立てにして上映するような映画館だった。

この音楽が流れていると、故郷の工場街での日々を思いだす。過ぎていく時間がやんわりと速度を遅くし、映画館を出た時、街を染めていた夕陽が今もまだ沈んでいないような気分にさえなってくる。

「……映画……好きなのか？」

顔をあげ、矢倉が問いかけてきた。さっきまでの失望をあらわにした顔ではなく、穏やかな顔で。ついその顔に釣られ、春瀬もふつうに答えていた。

「映画は好きだよ。子供の頃、時間があるといつも映画館に行ってたから」

「それはすごいな。よっぽど映画が好きだったんだ」

「まあな。最初は時間潰しだったけど」

「え……?」

「母さんと彼氏の邪魔になるから、家の裏にある映画館に通うようになって」

「そう……なのか」

訊いてはいけない質問をしたように、矢倉が眉根を下げる。春瀬はそれに気づいていない振りをして、無邪気に言葉を続けた。

「映画のなかでは、俺、イタリア映画が好きだ。音楽も風景も美しい。素朴な人間の感情に切なくなるじゃないか。あんたは?」

「あ、ああ、俺も好きだ。他には?　他にどんな映画が好きだ?」

「古いハリウッド映画、それから香港映画も好きだ。ジョニー・トーとか。だからここにくる前、香港にしばらくいた。それから日本のものも少し」

「日本の映画も観るのか?」

意外そうに、矢倉が片眉をあげる。

「ああ、日本映画だったら、黒木拓生の作品が一番好きだ」

「黒木拓生――」

その顔が青ざめたように感じたのは気のせいか。ちらりと見あげると、矢倉はかぶりを振って作ったような笑みを見せた。

「黒木か。渋い映画が好きなんだな。あの監督が死んだのは、君がまだ十代半ばくらいのことだ。それなのに、よく彼の作品を知っているな」

「知ってるもなにも……その頃に、俺、よく映画館に行ってたから。中学ん時に、母さんが亡くなって……それからは映画館に行く必要もなくなったし」

「そうか、そうだな、年齢的にちょうどいい頃か」

「さっき、あんたと一緒にいた早河って人……黒木拓生の映画によく出ていただろ」

「あ、ああ」

「何だっけ、あの作品、歴史映画で、将軍の前で、着物を着て踊っていたの」

「ああ、早河が、能楽師の世阿弥《ぜあみ》を演じていた時の映画だな。そんなのも観たのか」

「あれはすごくよかった。ガラにもなく見終わったあと、しばらく放心して」

映画館でのこと――そこでなにを観て、なにに感動し、どんな気持ちになっていたか。それをこれまで他人に話したことはなかった。そもそも映画が好きだという話自体、他人に言ったのは初めてのことかもしれない。

映画――それは決して幸せとはいえなかった幼い時代のなかの、唯一の夢のように美しい時間の思い出だった。特に黒木映画を観たあとは、話の筋がわからなくとも、切ないほど胸の奥が痛くなって、わぁっと叫んでしまいたいような妙な衝動に駆られた。

「そんなに……好きなのか、黒木の作品」

腕を組み、矢倉が静かに問いかけてくる。

「ああ。映像も内容もいいけど、セリフが印象的で。辛《つら》い時とか励まされる感じで。マカオにきてからもよく思い出してた」

「たとえば?」

「ほら、さっきの映画の、あの綺麗な人が将軍に言ったセリフ。今でも覚えてるよ。『あなた様が権力によって私の身を支配したとしても、魂まで拘束することはできません。私はただ芸にのみ、この魂を捧げている。たとえこの身は朽《く》ちても、芸だけは不滅ですから』というセリフ……。何かとても深くて、印象的だったよ」

それは、映画で語られていた早河の演技を真似するではなく、たださらりと口から出したセリフだった。

だが、どういうわけか、矢倉は吸いこまれたように春瀬を凝視してきた。

最初の頃の獰猛な、こちらを犯すような視線とは違う、熱の籠もった、どこかやるせないような眼差し。黒々とした濁りのない、透明の双眸。真正面からどうしようもないほど愛《いと》しげに見つめられ、春瀬はどうしていいかわからず視線から逃れるように立ちあがった。

「あ……あれが上映されたときは、何度も映画館に通った。まだガキだったから、何のことかわからなかったけど胸にくるものがあって。あ、でも一番初めに観た香港とマカオが舞台の映画もすごく感動した。俺がマカオに居着いたのは、その影響もあって」

「黒木監督の映画に出てみたいと思ったことは？」

その奇妙な質問に、春瀬は肩をすくめた。

どうしたのだろう。映画の話になった途端に機嫌がよくなったが、黒木監督の話題になると、苛立《いらだ》ったような言葉遣いになり、性急な話し方をしてくるようになった。

「まさか。でも彼のそばで働いてみたいと思ったことはある。スタッフになりたいと」

「黒木監督と会ったことはあるのか？」

「あるよ、俺がまだ中学生の時だけど」

「知りあいだったのか？　スカウトされたのか？　それとも恋愛でも仕掛けられたか？」

矢継ぎ早に質問され、春瀬は居心地の悪さを感じた。矢倉は黒木監督が好きなのだろうか、それとも嫌いなのか。

「冗談はやめてくれ。恋愛なんて。黒木拓生なんて、俺には雲の上の人間だよ。一回だけ、映画館の舞台挨拶《あいさつ》にきた時に、生で見ただけだよ。随分かっこいいおっさんだなと思った。映画も本人も強烈な印象だった。でも、そのあと、すぐに亡くなってしまってとても哀《かな》しかったよ。

同じ頃、母さんも亡くなって……それ以来、映画館には行ってない」

「じゃあ、もう最近は映画館には行ってないのか」

「ああ。全然。黒木以外のを観たって、同じかなって思って……興味がなくなって」

「黒木の作品以外、映画にはまったく興味がないのか」

「まあな。あ……そういえば、あんた、少しあの監督に似てる。あんたのほうがずっと上品で綺麗なのに、何となく目が、話し方も」

「俺が?」

「ああ。そうか、それで何かなつかしい気がしたんだ。あんた、あの監督に似てるんだよ」

ちらりと矢倉を斜めに見あげ、春瀬は微笑した。

その瞬間、彼の目に怒りに似た光が閃《ひらめ》いた。鋭い眼差しに、春瀬はぞくりと背筋に妖しい火が駆けあがる気がした。

なにか気を悪くさせただろうか。じっと顔を見ると、今度は矢倉が視線をずらし、彼のグラスにワインを継ぎ足し始めた。

トクトクとグラスに溜《た》まっていく血の色をしたワイン。クイと一気に飲み干したあと、彼はどこか苛立ちをにじませた様子で、もういっぱい、ワインを注いだ。

それ以上、飲んだら、やばいことになる。お節介かもしれないが、カジノで酔っ払いをよく見てきた春瀬には、彼のアルコールの許容量も何となく予測がついた。

「矢倉さん、それ以上、飲んだら意識飛ばしてしまうよ？」

春瀬は彼の肩に手を伸ばした。

「触るなっ！」

しかし矢倉に反射的に払いのけられる。

「……っ」

春瀬は瞠目《どうもく》し、矢倉を見つめた。だがさっと顔を背けられてしまう。視界に入れるのさえ、穢らわしいと云わんばかりの露骨な態度だった。

さっき一瞬感じた自分への嫌悪感のような態度に戻った。映画の話をして、ひどく優しげに見つめられたので忘れそうになっていたが、この男は、やり慣れているような春瀬のことを汚いもののように思っているのだ。

「わかったよ、あんた、上等そうな男だもんな。俺とは住む世界が違う」

「すまない、違うんだ、ただ驚いて……。それに、俺は男に興味は……」

言いわけの言葉を必死に捜そうとしている矢倉に、春瀬は自嘲するように笑った。

「あんた、優しいんだな。穢らわしいなら穢らわしいって、はっきり言っても俺は傷つかないよ。触られるのもイヤなくせに、無理すんな」

「春瀬……」

「……俺は帰る」

胸ポケットから矢倉の渡した前金をだし、春瀬はテーブルに置いた。そのまま背をむけ、扉にむかおうとする。

「待て、それは受けとってくれ」

矢倉は後ろから春瀬の腕をぐいと摑んだ。振り返ると、彼はひどく申しわけなさそうにこちらを見下ろしていた。

「あんたは俺を買っていない」

なのに、そんなもの、もらえるわけないだろ、という意味を含めて彼の手を払う。自分でも毛を逆立てた野良猫になったような気分だった。

「バイト代を払う約束だ」

「対価のない金は受けとれない」

この男からすればたいした金額ではないのだろう。

けれど絶対に受けとりたくなかった。これは自分なりの自尊心だ。つまらないプライドかもしれない。だが自分を汚れたもののように見ている人間から施《ほどこ》しをうけることだけはしたくなかった。それなら野垂れ死んだほうがマシだ。

「ただで金をもらうより、躰を売るほうがマシだと思っているのか？」

矢倉はドラマで刑事が容疑者を詰問する時のような調子で尋ねてきた。春瀬は吐き捨てるように返した。

「当たり前だろ。あの映画のなかでも、早河杏也が言ってた。『たとえ飢え死ぬことになっても意味のない金はうけとれない』というセリフ……」

　それは、早河が演じる世阿弥が父親の命令で僧侶《そうりょ》たちの閨《ねや》を訪れ、芸のために支援をしてもらう代わりに、その身への蹂躙《じゅうりん》を受け入れるシーンで吐いたセリフだ。

「おまえ、さっきもそうだったが、セリフまわし、表情……ずいぶん巧みだ。役者の経験でもあるのか？」

「まさか。あるわけねーだろ」

「……じゃあ、あの役の気持ちがわかるのか」

「別に」

「なら、何でそんなことを言う」

「何となく思いだしただけだ。穢らわしいと思われている人間の精一杯の虚勢ってやつ？」

　肩をすくめ、春瀬は自嘲するように言う。

「穢らわしいなんて、俺はそんなことは。ただ同性を相手にしたことがなくて…君のことは、純粋に写真に撮ってみたくて誘っただけで……悪気は……」

　口ごもりながら言いわけする矢倉の言葉を、春瀬はとっさに遮った。

「もういいよ。そう思ったら、そう言えばいい。俺は気にしない。実際、俺が穢らわしいのは本当のことだし、ありのままの俺がイヤならそれは仕方ないことだ」

「じゃあ、最初から君は俺と一夜を過ごすつもりでここにきたのか?」

「当然だろ」

「君は……こういう仕事が好きなのか?」

なにを言っているのかわからないまま訊いたような矢倉に、春瀬は鼻先で嗤った。好きなわけないだろ、と心で呟きながら。

「……あ、でも、好きな時もある。今夜みたいな暗い雨の夜はひとりで眠るよりは好きだ。めちゃくちゃひどいことされて、俺、人間扱いされてねえなと思う時があったとしても、いいじゃん、ちゃんと横に人がいるほうが」

「暗い夜……か」

矢倉は窓ガラスを見た。春瀬も釣られたように視線をむけた。

雨が降っている。冷たく激しい雨が降りしきっている。カジノホテルのネオンも旧市街の明かりもすべてを奪いとり、暗い闇に覆い隠すように。

雨を見ていると、ガラスに映った矢倉と視線が絡む。

前髪の隙間からじっと矢倉を見ている自分の目。その眼差しを瞬《まばた》きもせず、喰《く》いいるように見る矢倉の、官能的な目線にざわりと春瀬は肌の奥が騒ぐのを感じた。

矢倉はガラスのなかの春瀬を見ながら、低い声で呟いた。

「……正直に言う。俺は君を穢らわしく感じている。そもそも俺は娼婦を相手にしたことはない。性を金で売る人間に欲情したことはない。だけど俺も今夜のような暗い夜はひとりで過ごしたくない。だから…」

強い猛禽の目で、搦《から》め捕るように自分を見ている矢倉。古い南欧風の漆喰《しっくい》壁に灯《とも》ったオレンジ色の照明がその端整な横顔に深い影を落としていた。

「だから？」

腕を組み、春瀬は上目遣いで訊いた。

「そこにいる穢らわしい奴を、とことん嬲ってみたくなっている」

低く歪んだ声で言われ、春瀬が口の端を歪めて笑う。

「俺を買いたいの？」

「多分」

「俺に失望したくせに」

「気が変わった」

「同性には興味ないんだろ」

「興味はないが、君には興味がある」

「俺のような奴には、欲情しないだろ」

「欲情させてみろ」

矢倉は窓に映る彼を見据えたまま、手にしていた香港ドルを空中に舞わせた。ゆっくりと紙幣が床に落ちていく。

石造りの床に膝を突き、その紙幣に手を伸ばすと、矢倉がくしゃりと前髪を摑んできた。

「……っ」

挑むような眼差しで睨みあげる。

野生の獣が人間から与えられた餌《えさ》を前にしている時のような気分になっていた。

生きていくために与えられた餌は食べる、だが決して気は許さない。

それと同じだ。たとえその身を金で買われても、魂まで媚びることはないと語るように、春瀬は矢倉を見あげていた。

矢倉はふっとほくそ笑んだ。

「面白い。野生の獣をひれ伏させるのはこんなにも刺激的なものだったのか」

「矢倉さん……」

「……咥えろ」

髪を摑み、ぐいと引っ張られる。

「言っておくが、同性となんてやったことはない。おまえがリードしろ」

どういう風の吹き回しだろう。さっきは触れられるのも穢らわしそうにしていたのに。

「どうした、男娼なんだろ、しゃぶれよ」

目を眇め、矢倉が睥睨《へいげい》しながら言う。瞬きもせず春瀬はじっと彼の顔を見あげた。

「後悔しないな」

その眸を深くのぞきこむ。矢倉はしばらく春瀬と視線を絡めたあと、唇の端を歪めた。

「……ああ、雨の日は、ひとりで寝たくないんだ」

彼の低い声が思ったよりも大きく石造りの部屋に反響し、音楽と雨の音に溶けていく。ふいに躰の奥に熱い疼《うず》きを感じ、春瀬は矢倉のズボンのファスナーに手を伸ばした。

「……俺もだ、俺も雨の日は淋しい」

冷たい指先で性器の根元を摑み、するりとファスナーの外に引きずり出す。ふっと外の乾いた空気から護るように、ふわりと温かな吐息ごと唇をそこに近づけていく。

どうしたのだろう、唇で先端に触れ、濡れた舌先を矢倉の陰茎に絡みつかせた刹那、じくりと春瀬は己の躰の芯《しん》が甘く疼くのを感じた。

「ん……っ」

頭上で矢倉が吐息を吐く。彼も同じように躰の奥を甘く疼かせている気がした。

その証拠に春瀬の肉厚の唇をこすりあげるように、彼の中心が発情の兆《きざ》しを示し始める。

「ん……ぐ……っ」

やわらかな舌先を絡みつかせ、冷えた指先で陰嚢《いんのう》を撫でる。

自分が濃密な毒となって、この優雅で上品な男を犯しているような錯覚を覚えながら、春瀬は己の口腔に彼の性器を咥えこんでいった。

# SCENE 3

「男なんて初めてだ。容赦はできない。ひどくしても知らないからな」

そう言っていたくせに、矢倉《やくら》は切なくなるほど優しかった。多分、春瀬《はるせ》がこれまでの人生に一度も味わったことがないほど。

「綺麗《きれい》な艶《つや》のある肌だ。それに艶《なま》めかしい骨格の形、無駄のないしなやかな筋肉が実に美しい。少し痩《や》せ気味だが、見ているだけで男も女もそそられるだろう」

寝室に移動しベッドに春瀬を組み敷くと、矢倉はあからさまに欲情を示す……というのではなく、支配者、或《ある》いは観察者のような眼差しでじっと見下ろしてきた。

一度、春瀬の口内に欲望を吐きだしたせいか、矢倉はひどく落ち着き払い、口調も態度も怖いほど静かだ。

「こんな逸材が男娼《だんしょう》とは……もったいない」

ぐうっと春瀬の肩を押さえつけると、矢倉はまじまじと凝視してきた。

黒々とした捕獲者の双眸《そうぼう》だ。獰猛《どうもう》な眼差しに素肌を嬲《なぶ》られている気がして、ぞくりと甘く痺《しび》れるような痛痒《つうよう》さを感じた。

甘い映画音楽と雨音が溶けあう南欧風のスイートルーム。

じりじりと肌を焙《あぶ》るように撫《な》でていく眼差しに、皮膚がざわめき、血が熱くなってくる。

吐息の音さえ響きそうな、静謐《せいひつ》な空間で、彼の眼差しの鋭さが春瀬の羞恥《しゅうち》を煽《あお》り、息を荒くしていく。

躰《からだ》に彼の重みが加わると、ぎしっとスプリングが軋《きし》む。

「ふ……ん……っ」

何だろう、この男の眼差しは。他人の前で裸になることに恥ずかしさを感じたことなどなかったのに、矢倉の視線を浴びていると、その眼差しに荒々しく肌を愛撫《あいぶ》されているような感覚をおぼえ、なぜか気恥ずかしさに頬《ほお》が熱くなってくる。

やがて恥知らずにも、ぷつり……と乳首が尖《とが》るのがわかった。

「ずいぶん敏感だな」

大きな手に胸肌を包みこまれ、膨らんだ胸の粒が圧迫される。二本の指で摘まれ、さっと爪を立てられると、甘い痺れが腰に落ちてたまらなくなってきた。

こりこりと指で揉《も》み潰《つぶ》され、もどかしい疼《うず》きに総身が震える。

情交の相手にこんなことをされるのは初めてだ。春瀬の肉体は相手の快感を煽るだけの道具だった。

男同士のそれは、突っこむほう――支配する側の男が一方的に楽しむ行為。そのために相手は金を出している。買われた自分はただ欲望を廃棄されるだけの孔《あな》としてのつとめを果たすだけ。ずっとそう思ってきた。それなのに……。

「色っぽい顔をして……そんなに、ここがいいのか？」

ぎゅっと強く揉まれたかと思うと、羽毛で撫でるように転がされていく。かと思えば、乳輪の薄い皮膚を乱暴に引っぱられ、下肢にむず痒《がゆ》さを感じ、躰に力が入らなくなった。

「うっ……そこ……やめ……っ」

「固く凝《しこ》って。いやらしい、男のくせに……こんなところも勃《た》つのか」

いやらしいのは、この男の眼差しだ。こちらの毛穴まで焙るような。そして、この焦《じ》れったいほどの愛撫。乳首を弄《いじ》られているだけなのに、その指先から紡ぎだされる快感に、春瀬の全身を甘く切ないものが駆け巡っていく。

「ん……うっ……んっ」

指を立ててシーツをたぐり、ぎゅっと力強くにぎりしめる。そうでもしないと躰が溶け崩れそうな甘美な感覚に堪えきれない。

「その淫靡《いんび》な表情、その鼻にかかった声……スクリーンにアップで流したら……映画館の空気が一瞬で変わるだろうな」

こちらの反応を楽しむように呟《つぶや》くと、矢倉は耳元に顔を埋めてきた。

耳朶《じだ》を甘く嚙《か》まれ、耳殻を嬲られながら、胸を愛撫されると、あまりの快感にいてもたってもいられなくなる。発熱したように全身が火照り、触れられた場所が甘い蜜液《みつえき》となってどろどろに熔解《ようかい》していくような気がした。

「ああっ、あっ、ああ……っ！」

駄目だ、躰がおかしい。腰が震え、肌が火照り、皮膚のすみずみがじっとりと湿っていく。

春瀬は首を左右に振り、全身を襲う甘い痛痒感からのがれようと必死にもがいた。

「いい顔だ、声も。もっと感じてみせろ」

恥ずかしいほど膨らんだ乳首を生温かな舌先で揉み潰され、腰のあたりがむず痒くなっていく。

「あぁっ、あぁっ、あっ……あぁ、ああっ！」

喉《のど》から声が出る。下肢の間はすでに先走りの雫《しずく》で濡《ぬ》れ、とろとろと滴る熱い粘液が腿《もも》の内側を蒸らしていた。

そんな春瀬にそそられているのか、絡めた足の間、ズボンの布越しに彼の下肢のものが固くなるのがわかった。

欲しがっている、自分を……。少しずつ腿を圧迫する彼の性器から伝わってくる体感に、春瀬はふっと鼻で嗤《わら》った。

「俺と……本気でやる……つもりなのか？」

上目遣いに見あげ、吐息混じりに呟く。

穢《けが》らわしく感じていたはずなのに、映画の話をしたあと、ふいに求めてきた。『雨の日は、ひとりで寝たくない』――と言って。

――そうだ……でなければ、今夜、この男は自分をこんなふうに相手にすることはなかっただろう。

穢らわしい男娼として、触ることすらはばかっていたような相手に、この男の下肢がどういうわけか反応している。

その事実を不思議に感じると同時に、春瀬は仄《ほの》かな喜びを感じていた。

「……どうした、俺に抱かれるのが怖くなったのか」

艶のある、低い声に問いかけられる。石造りの寝室にやけに深く響いた声に、背筋がぞくりと痺れた。

「バカバカしい。それなら……さっきしゃぶってやった時に、恐怖のあまりあんたのデカいのをとうに嚙みきってただろうな」

斜めに見あげ、口元を歪《ゆが》めて嘲笑《ちようしよう》を浮かべてやる。

「俺じゃない。ためらってるのは、あんたのほうだ」

冷笑を浮かべると、冷徹に醒《さ》めていた矢倉の双眸にわずかな焔《ほのお》が揺れる。

「ためらってるだと？」

「俺みたいな淫売《いんばい》を金で嬲って、綺麗な手を穢すのを……恐れている」

挑発するように言うと、男は苦笑した。

「まさか」

「なら、早くきて俺を嬲れよ。さっきから何度も俺を犯している、あんたのその視線みたいに、冷たく鬼畜に……」

「視線で？　俺が君を？」

片眉をあげ、男が顔をのぞきこんでくる。それまで冷めていた双眸にぬめりのある光が宿った気がして、ジンと甘狂おしい痺れが皮膚の下を奔《はし》ってくる。どうしようもなく血が滾《たぎ》ってきた。ぬくもりではなく、激しい熱に骨まで焙られたくなるような。

「ああ、その目で俺を犯している」

視線を絡めながら言う。矢倉は自嘲《じちょう》気味に笑った。艶やかなその微笑が「ああ」という返事に思え、そのたくましい肩に腕を伸ばして巻きつける。

「さあ、こい」

次の瞬間、ぐぅっと怒張した陰茎が体内にめりこんできた。固くなった亀頭が薄い皮膚をまくり、どくどくと脈動しながらゆっくりと体内に挿《はい》りこんでくる。

「……う……ん……っ！」

ねっとりとした粘膜が挿りこんできた肉塊に癒着する。接合を深めようと、矢倉が腰を突きあげ、熱くなった内壁をずるりと先端がこすりあげていく。

「ああっ、あ！」

内側から破壊されてしまいそうな膨張感。息苦しさに喉が喘《あえ》ぎ、皮膚という皮膚から汗が噴きだしそうになってきた。

「くぅ……あ……っ」

今さら清らかぶるつもりはないが、そこを使う性交に慣れきっているわけではない。けれどこの男はそうは思っていない。心も躰も穢れきった男娼だと思っている。だから容赦はなく、荒々しく腰を動かして奥へ挿ってこようとしている。

でも、それでいい。欲しいのは、情じゃない。

ぬくもり。いや、熱。その視線のように冷ややかな熱。そんなものに無遠慮に貫かれ、どうしようもないほど狂わされ、意識を失ったように眠れればそれでいい。

「あ……あぁ……っ！　あ……あぁっ、あっ！」

腰骨を摑《つか》んで奥まで突き刺され、春瀬は矢倉の背を爪の先できりきりと掻《か》いた。内臓が圧迫されていく感覚に内腿が張りつめ、ひざがわなないている。

「いい顔だ、声も表情も……最高だ」

胸の粒を潰され、甘苦しい痺れを煽られる。胸をまさぐる上品な手。こんな綺麗で優しい手は、知らない。だからひどく感じてしまう。撫でられれば撫でられるほど、揉みしだかれれば揉みしだかれるほど、皮膚が悦《よろこ》びの悲鳴をあげる。

「あ……あ……ん……っ……あ……苦し……」

快感がきわまるにつれ、ペニスの先端からにじみでた露が互いの腹の皮膚を濡らしていく。彼が腰を動かすたびに濡れた皮膚がこすれあい、そこに蒸れた熱が籠《こ》もってくる。

「あぁ……っ……あっ……あ……っ……っ」

ゆさゆさと乱暴に躰を揺さぶられ、なにが何だかわからなくなっていく。

深いところを貫かれるたび、躰が激しくしなってしまう。

「あ……あぁっ、あぁ！」

躰の奥を抉《えぐ》られ、甘い声をあげた時、ふっと瞼《まぶた》に矢倉の唇が落ちてきた。愛《いと》しい相手にするようなくちづけだった。

「ん……っ……ふ……」

長い腕に後頭部を抱きこまれ、瞼や頬に唇が触れる。慈しむように優しく。

——どうして……。

春瀬は矢倉の顔を確かめた。けれど暗くて顔ははっきりとわからず、ただ前髪をかきやり、矢倉が額に唇をよせてくる。

激しく密着したことでつながりが深くなり、感じやすい粘膜を硬い肉身にこすりあげられる。

「あ……ああ、あぁ」

緩慢だった刺激が速度を増し、甘い疼きが湧《わ》く。やがて奥深い部分を強く抉られ、春瀬は矢倉の肩に爪を喰《く》いこませた。

「……っ！」

埋められた灼熱《しゃくねつ》の容積が増し、圧迫感に内臓が押し潰されそうだった。

自分を嫌っていた男が生々しい欲望を剝《む》きだしにし、結合を深めてくる。そのことに春瀬は歪《いびつ》な喜びを感じ、彼の背中を掻き抱き、自分から腰をすり寄せていた。

「ああっ、そこ……あぁっ、ああ――――っ！」

ひときわ強い快感が背中から脳まで一気に駆けのぼり、カッと全身が熱くなった。

ふっと全身が燃えたように感じた瞬間、矢倉が体内に欲望を吐きだしていた。

すべての粘液を吐きだすかのように強く腰を打ちつけられ、最奥まで抉られると同時に自分も達《い》ってしまっていた。

「ん……っ」

かすれた男の呻《うめ》きが耳朶をくすぐり、互いの荒い息が呼応するように重なりあっていた。とろとろした白濁がふたりの腹部を濡らす。

「ふ……く……っ」

脱力したようにぐったりとのしかかってくると、矢倉は春瀬のこめかみに唇を落としてきた。

ふわりと触れる吐息。体温。こめかみのあとは、瞼、そして頬……と唇を押し当ててくる。

唇を重ねてこないのは、金で買った相手だからだろうか。

少しずつ引いていく体熱。それと同時に肌と肌の間に溜《た》まっていくふたりの熱。

荒々しく乱打していたそれぞれの鼓動も、相手の心音に共鳴するようにゆったりと静けさを取り戻していく。

ふっと視線をずらせば、今もまだ夜の雨が窓ガラスを濡らしていた。

窓枠を軋ませる雨風の音。

オーディオから流れてくるセンチメンタルな映画音楽『ニュー・シネマ・パラダイス』。

耳元にやわらかに触れる男の吐息。そしてふたりの静かな心音。そのすべてが不思議なほど甘く混ざりあい、遠い昔に存在したノスタルジックな異国に自分が迷いこんでいくような気がした。それが静謐な愛の狂気にいざなう音だと知らないまま――。

＊

目を瞑《つむ》れば、瞼に甦《よみがえ》ってくるのは、幼い日、雨の日の映画館で見た切ない映画の数々だ。

暮らしていたのは、北関東《きたかんとう》にある小さな地方都市の工場街の一角。

大阪《おおさか》から東京《とうきょう》に出たあと、母は流れ流れて北関東にたどり着き、その煙突だらけの工場街のスナックで働いていた。

『悠真《ゆうま》、ごめんな。またいつものとこ行ってて』

学校から帰ると、かき集めた小銭を渡されて、ポンとアパートの扉のむこうに出される。それが幼い頃からの日課だった。

三畳ほどの台所、四畳半と六畳の和室。それから和式トイレと小さな風呂《ふろ》場のついた木造アパートだった。

物心ついた時から、春瀬はそこで母親と暮らしていた。

当時、四畳半の部屋についた押し入れの上の段が春瀬の生活スペースだった。

父親が誰なのかはわからない。だけどいつもアパートには母の『彼氏』がいて、昼間からアルコールのにおいをぷんぷんさせていたように思う。

母の勤め先は、駅の近くにあるスナックで、夕方、母が勤めに行くと、『彼氏』は駅前のパチンコ屋にむかった。

学校が休みの日は近くの公園で過ごすことにしていたが、雨の日は雨宿りする場所がないので、アパートの裏にあった映画館で過ごすことを覚えた。

そこには二軒の映画館が並んでいた。

大きめの映画館は中年の男性がよく訪れていて、彼らが好きそうな『男はつらいよ』や『釣りバカ日誌』、それに極道ものをよく上映していた。

もう一方の映画館は夜には大人向けのポルノを上映する小規模なもので、昼間も封切り中の最新の映画ではなく、少し前に上映されたフィルムや懐かしの名画を二本か三本立てにして上映していた。

いつも酔っ払いや失業者の寝床のようになっていたが、一番端の席でポップコーンを食べている小さな子供を気にする者はいない。

泣いたり笑ったり感動したり……そこにいると現実を忘れることができた。

安全な場所、優しい場所、淋《さび》しくない場所。

雨の日になると、母と母の『彼氏』の邪魔にならないよう、そっと映画館にむかう。あとは近くの公園で本を読んで過ごした。

母からはあまり愛されていたようには思わないが、それでも食事や服を用意してくれたし、優しい笑顔もむけてくれたのでそれで十分だと感じていた。

それよりも他の子供みたいに塾にやらされることもなく、放置されたままで、子供ひとりで映画館に出入りしても怒られなかったので、自分はまわりの同級生に比べてとても幸せだと思っていたくらいだ。

特に好きな映画は、イタリアが舞台になった美しい風景の映画だった。

自分には縁のない、家族の絆《きずな》や愛を描いたものが多かったので、心のどこかで憧《あこが》れていたのかもしれない。

その映画館ではめったに日本映画は上映されなかったが、一度だけ、黒木《くろき》拓生《たくみ》という日本の映画監督がドイツかフランスかの有名な映画賞を受賞したとかで、十日間ほど連続で彼の作品が上映されたことがあった。

一番初めに観たマカオのカジノを舞台にしたアクションものの面白さは、子供心に衝撃的で、一気に彼のファンになってしまった。

その映画の撮影のため、マカオに別荘を買ったということがパンフレットに書かれていて、いつか大人になったらマカオに行こうと思ったものだ。

他にも彼の映画にはいろんな世界が描かれていた。

イタリア映画のような風景の美しさ。香港《ホンコン》映画のようなアクション。フランス映画のようなファンタジックな不思議さ。ハリウッド映画のような痛快さ。

そして彼特有の繊細な優しさと、人間の人生の不条理さが感じられ、観終わったあと、いつも放心せずにはいられなかった。

子供だったので、そこに描かれている意味はよくわからなかったけれど、いてもたってもいられなくなって「わぁっ」と泣きたくなったり、急にどこかに走っていきたくなったり、一晩中興奮して眠れなかったり。

そして必ずといっていいほど、思いだしただけで幸福な気持ちになった。それは彼の映画のセリフが原因だ。どの映画でも、彼の作品はセリフにメッセージが強く織りこまれ、辛《つら》い時や哀《かな》しい時に心のなかでリフレインさせると明るく幸せな気持ちになれたのだ。

──黒木監督の映画……いつも人への優しさや愛情にあふれていて……けっこうハードで、陰惨な内容の物語も多いけど……セリフは前向きで、光に満ちていて、思いだしただけで、何か明日もがんばろうって気になる。

だから金がない時は食費を削ってでも黒木の映画だけは絶対に観にいくようにしていた。

しかし中学に入った頃からか、母の『彼氏』の暴力が以前よりもひどくなっていった。母の容色が少しずつ衰えていたせいもある。

母は、その昔、ミスコンに何度か入賞したことが自慢の、すらりとした肢体と華やかな顔立ちが自慢の美女だった。気丈で、しっかり者の美人ということで誰からも好かれるような性格をしていた反面、どういうわけか駄目な男を好きになってしまう。

世話好きが高じて相手の言いなりになり、春瀬の記憶に残っているかぎり、母の『彼氏』が働いていた印象はひとつもない。

男から見れば、あれほど都合のいい女性はいなかっただろう。美人で、しゃきしゃきしていて、すぐに一緒に寝てくれて、とことん尽くしてくれる。

浮気をされても笑って許し、借金は立て替えてやり、腹が立ったら殴ったとしても反対に笑顔で受け止めてくれ、挙げ句の果てに、『彼氏』がやくざに借りた金のために輪姦《りんかん》されても、文句ひとつ言わなかった。

『あんた、そのうち死ぬよ』

誰かが母を心配してそんなふうに言った。

『捨てられるよりマシやん。うち、捨てられるのだけはいややねん』

母はいつも男に捨てられることを恐れていた。

幼い時、親に捨てられただけでなく、結婚を考えていた男にも、妊娠を告げた途端に捨てられた記憶。だからこそ必死に相手に尽くすのだが、なぜかいつも好きになるのはろくでなしばかりで、暴力をふるわれても、それは愛の証《あかし》、自分がいないと彼は駄目だから……などとよく口にしていた。

『あの人、うちがおらんかったから、あかんから』

母は相手をつなぎとめるためには、たとえＤＶ男が息子を殴っても止めに入ることはなかった。目つきが生意気だと言われ、最初は軽く一発、そのうち二発、三発と殴られ、ひどい時には発熱して学校にも行けないほどだった。やがて男の暴力は性的な行為へと発展していった。

『ごめんな、悠真。あんたがあんまりかわいいから……ちょっと相手してあげて』

助けて……と言う言葉も思いつかず、目を閉じ続けた。

それからしばらくすると、今度は『彼氏』の借金の返済のため、ホテルに行って働いてこいと言われた。

『よかったね、坊ちゃん。君は器量がいいから、お母さんたちの役に立てるんだよ』

ホテルの一室に行くと、手を押さえつけられ、複数の男がのしかかってきた。四肢が砕けるような痛みにこのまま死んでしまうのかと思った。

けれど死ぬことはなかった。ただ……とても淋しかった。

『おまえ、なかなか評判がいいぞ。次は来週くるんだ。いいな』

知らない男にそう言われ、大通りで車から降ろされた。

また来週……。同じことが行われるのかと思うと、このまま消えてしまったほうが楽な気がして、春瀬はふらふらと駅へとむかった。

電車に飛びこもう。軋む躰をこらえ、駅の前まで行った時、そこにあった街で一番大きな映画館の前に『黒木拓生舞台挨拶《あいさつ》』と記された看板を発見したのだ。

黒木拓生──。彼が新作の舞台挨拶にきている。せめて最後に彼の顔が見てみたい。そんな思いで春瀬は映画館の前に進んでいった。

──見たい、黒木監督の新作を。それに会いたい、遠くからでもいいから。

しかし整理券がないため、中には入れず、春瀬は警備員から立ち止まらされた。その時、ちょうど黒木監督の乗ったロングリムジンが目の前に到着した。

『あ……っ』

黒木監督だ。そう思った瞬間、躰が反射的に動いていた。警備員を振り切り、彼の車の前に走り寄っていった。だがすぐに首根っこを摑まれる。

『こら、なにをしている、そっちは立ち入り禁止だ!』

荒々しく衿《えり》を掴まれ、車の前から追い払われかけた瞬間、奇跡が起きた。

『すみません、お騒がせして』

警備員に腕を掴まれたその時、ひとりの男が煙草《たばこ》を咥《くわ》えながらリムジンから出てきた。そしてその手を止めた。

『どうした、まだ子供じゃないか。離してやれよ』

低く抑揚のある声が耳元に落ち、春瀬は驚きに目をみはった。

——黒木監督？

その姿に春瀬の目は釘《くぎ》づけになった。

くっきりとした精悍《せいかん》な目鼻立ち、たくましい体軀《たいく》、すらりとした長身、あごに生えた無精《ぶしょう》髭《ひげ》が印象的なワイルド系の大人の男性。特別かっこいいというわけではないのに、そこにいるだけで不思議と人を惹《ひ》きつけるオーラを纏《まと》っている。

『ご……ごめんなさい……俺……監督のファンで……会いたくて』

『そーなんだ、俺の映画のどこが好き？』

どこが好きかと訊《き》かれているのに、すっかり舞いあがり、春瀬はまったく素っ頓狂な答えを口にした。

『あ、あの、セリフ、いつもセリフに励まされて、観終わったあと幸せな気持ちになって』

『セリフ？　たとえば？』

『最初に観たマカオの映画はラストシーンの「太陽は独り占めするものじゃない、すべての人間で共有して……」というセリフ、それからこの間、観た恋愛もののは……』

『すげえな、暗記してんだ』

『あなたの映画だけ……セリフがいつも記憶に残って』

しどろもどろに言うことしかできない。その様子を見てほほ笑むと、黒木は春瀬の腕を掴んでいた警備員の肩をポンと叩《たた》いた。

『なか、いれてやれば?』

『ですが……』

『うれしいじゃん、俺の映画で幸せになるなんてさ。俺の分の招待券、余ってるし、この子にやっちゃうよ』

にっこりと笑って、黒木は春瀬に一枚の券をくれた。『非売品』という文字が印刷された招待券だった。その日の映画はとても難しい歴史物だったが、黒木の舞台挨拶を始め、春瀬は天国にいるような夢見心地のまま楽しんだ。

これは一生に一度の奇跡だろうか。憧れの映画監督の笑顔と優しさ、そして映画の感動が、それまで心のなかで封印してきた怒りや哀しみ、孤独感という感情を一気に透明で優しいものに浄化してくれる気がして、涙が止まらなかった。

黒木拓生、彼にとっては気まぐれな行為だったのかもしれない。けれど春瀬にとっては、大切な忘れがたい思い出となった。

しかしそれから一カ月も経たないうちに、彼は飲酒運転がもとで事故を起こし、還《かえ》らぬ人となってしまった。ちょうど同じ頃、痴情のもつれで母が男と無理心中したこともあり、それ以来、春瀬が映画館に行くことはなくなった。

＊

雨があがったらしい。うっすらと開いた窓から優しくも甘い花の香りが運ばれてくる。

ボォォと響く船の汽笛、それに教会の鐘の音。ぼんやりと混ざりあった音にまどろんでいると、瑞々《みずみず》しい花の香りが涼しげな海風に乗って鼻腔《びこう》を撫でていった。

「ん……」

躰を反転させると、スプリングが軋む。ここはどこだろう。瞼を開けると、窓のむこうに、雨上がりの、さわやかな青空が見えた。

「……ん」

時計が朝の六時を指しているのを確認しながら、けだるい躰を起こす。胸を覆っていたシーツがするりと落ち、さわやかな秋の風が素肌を撫でていく。

下肢には鈍い痛み。まだ内部に異物があるような違和感が残っている。

視線を落とすと、白い胸肌や脇腹《わきばら》にキスの痕《あと》が点在している。それをぼんやりと見ているうちに昨夜の行為の激しさを少しずつ思いだす。

――そうか……。昨夜はあの日本人と……。あいつ……どこに行ったのだろう。

見まわすと、サイドテーブルにメモが残っていた。

『俺は隣室にいる。朝食は午前九時。それまで、ゆっくり休んでいてくれ。朝食のあとは、マカオの旧市街を案内して欲しい』

昨夜の男――矢倉からのものだった。上品で理知的な容姿どおりの、寸分の隙《すき》もない整った文字。古い映画に出てくる武士のような、清廉な上品さに満ちた男だった。

――ベッドのなかではちょっと違ったけど。

矢倉……。

その腕に抱き締められると、上質で優しい香りがした。それにとても温かかった。

情交のあと、いつになく安心したように眠ってしまったのは、その腕のぬくもりが心地よかったせいかもしれない。

春瀬はふっと笑い、もう一度ベッドに横たわった。

目を瞑り、昨夜、知りあったばかりの男と寝ることになった経緯を反芻《はんすう》する。

カジノでナンパされるのは初めてではない。カジノだけでなく、母親譲りの容姿のせいだろう、なぜか昔から異性よりも同性によく声をかけられ、無理やり性的な行為を強いられることも多かった。

だからいつ頃からか、金で相手をすることにした。快楽を追うだけの行為として一回かぎりで終了するためにも。

金をもらえば、男娼だからとして深入りされることもない。恋人だけでなく、友人としても特定の人間と深く関わりはもちたくない。誰かと継続的なつきあいはしない。

その代わり昨夜のように金がない時に、感じのよさそうな相手から誘われれば、一夜の代価と交換に、その褥《しとね》に行くことは厭《いと》わない。

ずっとそんな生活をしてきた。

だがそうしたドライな関係ですまないことも多い。何度か怖い目にあったことがある。

支配人は、このまま放置してくれるだろうか。それとも報復してくるだろうか。

いずれにしろ、マカオも潮時かもしれない。故郷の工場街を離れてから、二年と同じ場所にいたことはない。次はどこに行こう。ベトナム、カンボジア、シンガポール、それともオーストラリアにでも行くか。そんなことを考えているうちに、再び睡魔を感じた。深く深く海の底に引きこまれていくような睡魔。

――そういえば……マカオの街の案内……って、どこに連れて行けばいいんだろう。

ポルトガルと中国が猥雑《わいざつ》に混じり合った街、この街のどこを……。

雨上がりの、雲ひとつない蒼穹《そうきゅう》が南欧風の街をあざやかに覆っている。

吹き抜ける風は湿度を孕《はら》んで生温かいけれど、盛夏のそれに比べるとずっと過ごしやすい。

淡い夕陽《ゆうひ》色の屋根瓦《がわら》、白壁の家々。美しい絵タイルで彩られたヨーロッパ調の古い街が広がっている。

中国に返還されたものの、マカオは長い間、ポルトガルの植民地だった。

そのため、路地裏の奥の中華風の雰囲気と対照的に、ポルトガル風の街並みが今も強くあちこちに残っている。

「波、風、石畳の音……それに教会の鐘の音……か。あとは多彩な言語が聞こえる」

朝食のあと、矢倉は街に出た途端、その音を確かめていた。

路地に反響するような話し声や靴音といった雑多な音が心地よく響いている。

狭苦しい坂道が縦横無尽に伸び、古い建物と建物の隙間から海を一望することができるエキゾチックな街。ベランダから顔を出した主婦たちがおしゃべりに興じる小さな路地を、古めかしい車が通りぬけていく。

ホテルを出たあと、矢倉からもらった金で、春瀬は適当な服を買った。高いブランドショップで何万もするスーツを買おうとする彼を止め、ふだんよく行くファスト系のショップに行き、アーミー系のシャツや革のブルゾン等を選んだ。

「——春瀬、そこに立ってくれ」

　市内に出てきてから、どういうわけか矢倉にずっと写真を撮られている。

「本当にこれで一万香港ドルくれるのか？」

「ああ」

　彼はなにがしたいのだろう。よくわからない。

　——とりあえず……金の分は働くけど。

　不可解だと思いながらも、春瀬は矢倉にうながされるまま、教会の前に立ったり、路地裏の石段に座ったりしてみせた。その姿を矢倉がカメラに収めていく。かなり上等そうな一眼レフカメラに。

「そう、そのままじっとして」

　昨夜の行為などすべて忘れ去ったかのように、淡々とした態度で、時々、ファイルのようなものを確かめながら、矢倉が写真を撮っていく。

　黒い上質のジャケットに揃《そろ》いのズボン、オフホワイトのシャツ。ネクタイはしていない。靴はイタリア製の革靴。サラリーマンがオフで旅行にきた……という感じはしない。

　その目つきの鋭さや隙のない雰囲気、それでいて何にも束縛されていなさそうな様子から察すると、どこかの雑誌と契約しているフリージャーナリストといったところか。昨夜、カジノで早河《はやかわ》と親しく話していたのを考えても、マスコミ関係に違いない。

「早河さんは?」

「そのうち合流する。さっき電話したら、まだ寝ていたから」

「あの……矢倉さんて、ジャーナリスト?」

クリーム色の壁の教会の前に立ち、問いかける。

「そういうわけじゃないが……あ、ちょっとそこで遠くを見ながら立ってみろ」

「あ、うん」

互いに自分たちのことは口にしない。それぞれ名前しか知らず、職業も年齢も知らないまま。

「春瀬、もっとそっちへ移動して。教会の扉のそばに」

「わかった」

なにをされているのかよくわからないが、言われるままに動く。

初めて会った時と同様に、カメラをむけられていると、その目に犯されているような感覚を覚える。雨上がりのマカオは、街全体の古めかしい汚れが洗われたように、普段よりも少しばかり美しく見える。

——この街の自由で、どこかめちゃくちゃなところが好きだった。だけどもうマカオも今日で終わりだ。ここにいれば、あの支配人と出会う可能性が強い。明日、香港に出よう。

そう思って、これまで住んでいた街を見まわす。

ポルトガルと中国の両方の貌《かお》を持ち、それぞれが背をむけているようでありながら、共存している不思議な街。

まだ雨が乾ききっていないせいもあると思うが、水に濡れ、朝陽《あさひ》が美しく映えるノスタルジックな街並みを見ていると、昨日まで自分に起きたことも、明日から仕事がないことや住むところがない不安もどうでもよく思えてくる。

今、ここにある光景は、この一瞬で消えてしまって、太陽が濡れた街を乾かしていくにつれ、別の顔に創《つく》りあげてしまうと思うと、何となく、この今しかない美しい濡れた世界を網膜に焼きつけておかないと損をしてしまう気がしてくる。

そんなふうにあたりを見まわしていると、また矢倉が声をかけてきた。

「春瀬、今度はそこにもたれかかってくれ」

矢倉が古めかしく薄汚れた路地裏の石壁を指さす。

彼はなにがしたいのだろう。観光客からいきなり写真を撮らせてくれと言われることは多いが、こんなことは初めてのことなので、正直、ちょっとばかり困惑している。勿論《もちろん》、金をくれるというので従っているが。

そうして何枚か写真を撮っているうちに、いつの間にか、彼は春瀬を好ましく感じなくなったのか、苦い顔でため息を吐くようになった。昨日の失望した感じとは少し違うけれど、あまり満足していない様子で。

——いい写真が撮れていないって顔をしてる。

何となく自分を見る彼の眼差しに勢いと鋭さがなくなってきているのがわかった。

「やっぱり駄目か。綺麗なだけの男でしかないのか」

ぼそりと呟かれた言葉が鼓膜に触れる。あまりにがっかりとしている様子に、自分がひどく申しわけないことをしているような気がしてきた。

なにが駄目なのだろう、どうしてがっかりしているのだろう。一体、彼は自分になにを望んでいるのだろう。じっとその姿を探るように確かめると、視線が絡み、矢倉はハッとしたように「動くな」と手で合図を送ってきた。

「そう、その目だ、春瀬、その目を忘れるな」

何のことかわからないが、そのまま動きを止める。

「そこで、『とことん堕《お》ちてもいい。どうせこれまでだってそうやって生きてきた』と言ってくれ。他人に踏みにじられ、裏切られ、すべてを奪われ、明日からどう生きていいのかわからないが、それでも負けたくないという意志をこめて」

「え……」

春瀬は目を眇《すが》めた。

「そういう表情を撮りたいんだ。早くやれよ」

不遜《ふそん》な命令口調。やって欲しいと許可をとるのではなく、やれ……ときたか。

「ほら、さっさと言え」

「どんなポーズで？」

「じっと立ったまま言えばいい」

さっきまでと違って、その目でみられることに春瀬の背筋はぞくぞくしてきた。

面白い、と思った。このほうが楽しい。ただ写真を撮られているよりは、そんなふうにはっきりと主張されたほうがずっとやりやすい。

――それに……あいつの言っているのって……まさに今の俺そのものだし。

給料はなくなり、仕事もなくなり、住むところもない。でもここで野垂れ死ぬ気はない。だから矢倉に躰を売った。生きていくために。

しばらく考えこんだあと、春瀬はボソリと呟いた。

「いいさ、とことん堕ちても。どうせこれまでだってそうやって生きてきた。これからもそうやって生き抜いてやる……」

今の自分の心境だった。だから補足するように言葉を足した。

一瞬、彼の視線が鋭利に全身に突き刺さるような気がした。射るような眼差しで己が焙られていくような感覚に背筋が痺れていく。

その眼差しの圧倒的なオーラ。彼はジャーナリストではない、芸術家だ。何となくそう思った。

だがそれがどんな芸術なのか想像がつかない。カメラマンか画家、彫刻家といった視覚的な部分でものを創っているように感じられる。その一方、ライターや小説家といった感じの言語的な部分を求めているようにも思える。それでいて聴覚にも意識を張り巡らせている。

「そのまま壁にもたれかかって」

言われるまま、壁にもたれかかる。そうして要求される動きをする春瀬を、矢倉はカメラのなかにおさめていった。

常に十メートルほど離れた場所から、彼は自分の姿をカメラのなかに写しこんでいく。金をもらっていなければ、恥ずかしさとバカバカしさでつきあいきれない行為だ。

でも心のどこかで、その様子を楽しんでいる自分もいる。彼に見える自分は、どんな姿なのだろう……と。

恐らく春瀬が見ている世界とはまるで違うはずだ。視覚的世界、音、言語、あとはなにを周りからくみ取ろうとしているのか。

全身で捉《とら》えたイメージから生命を感じ取ろうとしている気がする。そのせいか、彼がこちらにむけている視線は、ふだんの穏やかな雰囲気とはまるで違う鋭利な刃物のような切れ味がにじんでいる。

そんなふうに感じていた時、一台のタクシーが矢倉の背後に停まった。なかから現れた、サングラス姿のすらりとした日本人がドンと矢倉の腰を軽く蹴飛《けと》ばした。

「ちょ、なにするんだ」

矢倉が驚き、振り返る。

――あれは……早河杏也だ。

春瀬は鼓動が高鳴るのを感じた。そのほっそりとしたたおやかな躰つきや怜悧《れいり》な風貌は当時のままあまり変わらない。

長めの髪を縛り、流行《はや》りのアースカラーの服を上下に身につけ、焦げ茶色のスニーカーを履いている。

年齢は矢倉よりかなり上のはずだが、離れたところから見ていると同い年くらいに見える。

「涼司《りょうじ》、なに遊んでるんだ」

腕を組み、早河が呆《あき》れたように言うと、矢倉はカメラを手に彼に肩をよせた。

「いいから、ちょっと見ろよ」

今まで撮った写真を見せているらしい。早河は真剣な眼差しでカメラをのぞきこんだ。音を立ててデータを起こし、これまで撮影していた写真の何枚かを矢倉は早河に見せていた。

春瀬のいる場所からはふたりがなにを見ているのかはわからない。だが、ふたりはものすごく真摯《しんし》な様子で、それらの写真をのぞきこんでいる。

「……これ、どこだと思う?」

矢倉がカメラの画像をむけて問いかける。じっと見たあと、早河が口元を歪めて嗤う。

「『生き残ってやる』のシーンか?」

シーン？　何の話をしているのだろう。春瀬は眉をひそめたまま、耳をそばだてた。

「そうだ。どう思う？」

矢倉の問いかけに、早河が視線を絡め、肩をすくめる。

「……さあ」

「てことは、及第点か。不可の場合は、あんたのことだ、『綺麗なお人形のようだ』だの『連れて歩くのにいいね』というセリフが出てくる」

「ご想像にお任せする。で、あの子はどこで？」

「カジノでスカウトしてきた。あんたと一緒に行った昨夜の」

「ああ……例のバイクの彼？」

「そう、雨のなかの」

「それなら君が惚《ほ》れるのもわかる。実にしなやかで、美しい動きだった」

「あんたも気づいていたのか」

「当然だ、ぼくを誰だと思ってる」

彼らの会話の意味はわからないが、矢倉と早河は本当に親友か兄弟のように仲がいいことだけはわかった。

「それにしても、よく口説けたな。彼、人に懐かなさそうな奴なのに、こんなにいい表情まで撮れるようになるなんて。たった一晩のうちに」

「バイトをしないかと誘ったら、ホテルにきてくれたので……そのまま……」

「まさか、そのままおいしく頂いて親しくなったわけじゃないだろうな」

冗談めかして言われたその言葉に矢倉が押し黙る。

矢倉は嘘のつけない性格をしているらしい。気まずそうな表情をして、さっと早河から視線をずらす。浮気のばれた亭主よりもバツの悪そうな雰囲気。テストの点が悪かったことを母親に隠していて、叱《しか》られている子供のような感じがしないでもない。

矢倉はなにも言葉を続けなかったが、早河はなにか察したものがあるのか、やれやれと肩で息を吐いた。

「まじめ一徹で、父親とは正反対の君が同性と一晩ねえ……。すごいな、マカオにきて、弾《はじ》けたのか？　それとも大きな賞をとって、脳がやられたのか？」

「まさか。ただ魅力的だったので声をかけただけだ」

矢倉の返事に、早河が声をあげて笑う。

「世間にばれたらスキャンダルになるぞ。父親そっくりだと」

「一緒にするな。あいつは映画祭のあと、大麻と覚醒《かくせい》剤所持で逮捕されたんだぞ。俺は、ただ綺麗な男に声をかけただけだ」

「そりゃそうだが。君はふだんは石橋を叩いて渡るような慎重な性格をしているのに、時々、父親みたいに大胆な行動をするんだな」

「だからオヤジと比較するな」

「そうだな。君はあいつと違って実に慎重だ。恋愛だって、仕事だって。その君が知りあったばかりの子を……。まあ、いい傾向じゃないのか、常々、ぼくは君にはもっと自分を解放して欲しいと思っていたんだから」

さらりと言うと、早河は春瀬に近づいてきた。

「初めまして。ぼくは矢倉の仕事仲間の早河杏也《きょうや》。君、名前は?」

「春瀬悠真……。早河さんのことは知ってる。俺……黒木映画のファンだから」

ぼそりと言った春瀬の言葉に、早河は大げさなほど高く片眉をあげ、まじまじとこちらの顔を眺めたあと、おかしそうに声をあげて笑い始めた。

石造りの街に、その抑揚のある笑い声が美しく反響する。

「ハハ、この子、黒木のファンなんだ。よりによって涼司が惚れた奴が黒木のファンか、それは面白い」

なにがおかしいのかわからない。矢倉は黒木となにか関わりがあるのだろうか。勿論、あったとしても不思議はない。早河は黒木映画では常に主役級の役を演じていたのだから。

——そういえば昨夜も黒木の名を出した時、不機嫌な顔をした。なにかに激しく苛立《いらだ》ったような、やりきれないような表情を。

ひとしきり声をあげて笑うと、早河は前髪をかきあげて矢倉のほうに振り返った。

「彼、黒木のファンなんだって、知ってた?」

　矢倉が腕を組み、眉に皺を刻んでいる。彼は否定も肯定もしなかったが、それだけで早河にはわかったのだろう、もう一度、春瀬の顔を凝視してきた。

「黒木の作品だと、どれが好き?」

「あ、あの、香港とマカオの。それから最後の作品……」

「香港とマカオの映画といえば、これ?」

　彼は手にしていた袋から、まだ温かなエッグタルトをとりだして春瀬に差しだしてきた。

　――エッグタルト……。

　とろとろに焼いたカスタードクリームをパイ生地で包んだできたてのエッグタルト。

　黒木が撮った香港とマカオが舞台のアクション映画で、早朝の海辺で早河がエッグタルトを食べるシーンがある。

「コロアン村にある有名な店まで行って買ってきたんだ。もう十五年ほど前かな。あの映画の打ち合わせのため、黒木がコロアン村に買った別荘でプロデューサーの三井《みつい》と三人で、一カ月ほど過ごしたことがある。あの時、毎朝、黒木がこれを買ってきてくれて」

　懐かしむように早河がタルトを口に含む。さくっという音とともに、バターを含んだ香ばしいパイの香りが鼻腔に触れる。

　その映画を観た時のことを思いだした。映画を観ていると、同じものが食べたくて食べたくて仕方なくなって、町中のパン屋やケーキ屋を探したけどそれらしきものはなかった。

マカオにきて初めて食べた時は、思ったよりも美味しくなかったのでがっかりしたが、幼い時に憧《あこが》れたものは、得てしてそういうものなのかもしれないと思ったものだ。

「君も食べたら？」

「あ、はい」

春瀬はエッグタルトを口に運んだ。サクサクと口のなかで弾けるまだ温かなパイ生地とともに、とろとろのカスタードクリームが舌の上に流れ落ちる。

カスタードについた焦げ目の香ばしさと、焦げた部分の間からこぼれてくる甘ったるいクリームが、たっぷりとバターの塩気を含んだパイ生地と混ざりあい、心地よく口内に溶けていく。

「早朝のカスタードクリームは恋人との幸福なキスの甘ったるさ。焼き立てのパイ生地は別れた時のまだ温かい涙の味……」

映画のなかに出てきたセリフを思いだし、春瀬はぽつりと呟いた。

生地のふんわりとしたぬくもり。クリームの蕩《とろ》けそうなほどのやわらかさ。以前に食べた時とは違う。エッグタルトというのはこんなに幸せな味をしていただろうか。

「そんなセリフを覚えているとは……。君は本当に黒木の映画が好きなんだ。彼が矢倉涼司だから寝たわけでも、お世辞のつもりで黒木のファンと言ったわけでもなく」

早河の言葉に、春瀬はもう一口食べようとした口を止めた。

「え……矢倉さんて、どうして」

きょとんとした春瀬に気づき、矢倉が口を挟む。

「早河さん、彼にはなにも言ってないんだ、俺の仕事もなにも」

「なにも？　じゃあ、君、彼が矢倉涼司だって知らなかったのか？　今、日本のワイドショーで一斉に騒がれているのに」

早河が驚いた様子で問いかけてくる。矢倉涼司、耳にしたことがあるような、ないような。春瀬は小首をかしげた。

「俺、二年前に日本を離れて、それからあんまり日本のことはわかっていなくて」

「マカオ国際映画祭のこともなにも？」

「映画祭があったことは知ってるけど、ここんとこ、カジノのバイトのシフトが忙しくって、あまり世間のことは…」

もしかすると矢倉はとても有名な人なのだろうか。

「そうか、それは面白い」

「あの、矢倉さんは一体……」

問いかけようとすると、矢倉がそれを遮った。自分のことは言いたくないらしい。

「春瀬、時間がない。天気が夕方から崩れるらしい。ふたりとも、おしゃべりはそのへんにして、次は海岸、それから中華街、あとはマカオタワーのあたりにも行くぞ」

海岸、フェリーのターミナル、タイパ島……と、あちこちまわっていくうちに、さすがに春瀬にも矢倉の仕事が何なのか予想できた。

矢倉は……映画かドラマの制作スタッフだ。早河とふたりで新たな作品のロケーション・ハンティングのためにマカオにきている。ネットがあれば矢倉涼司が何者なのか調べることはできるのだが、席を外して町中のネットカフェで調べるのもままならない。

——まあ、いいか。どうせ夕方までのつきあいだ。バイト代だけもらって終わり。あとで調べて、実は……と正体がわかったところでどうなることもない。それならなにも知らないでバイバイしたほうが気楽だ。そう、ここだけの関係ですべて終えたほうが。

「春瀬くん、ちょっと」

矢倉に電話がかかってきて彼が携帯電話を手に席を外した時、早河が思いだしたように話しかけてきた。

「これ、もらってくれないか？」

彼がとりだしたのは、手のひらにすっぽりとおさまるほどの、小さな音楽プレーヤーだった。

「急に必要になったんで香港で買ったんだけど、日本に自分の持ってるから」

「え、でも」

「保証書もつけとく。必要なかったら、どこかの中古店で売ってくれればいい。明日、帰国するので、行っている余裕ないんだ。今日のバイトのチップ代わりに」

「わかりました。じゃあ、チップとして頂きます。ありがとうございます」

まだ真新しいプレーヤー。売れば、日本円にして一万円くらいにはなるだろうか。ちょうどいい、マカオから出る旅費にしてしまおう。

ズボンの尻《しり》ポケットに入れた時、矢倉が電話を終えて戻ってきた。

「じゃあ、次は中国本土が見えるところに連れて行ってくれ」

「了解」

路地を歩き、坂道の上にむかってモンテの丘で、中国本土と小さな湾を背に写真を撮る。古めかしい家々と豊かな緑の森に囲まれたところに、マカオのシンボルのひとつ——聖ポール天主堂のファザードが建っていた。

南欧風の風情のあるあたりを歩いていると、さすがにポルトガルの民族音楽ファドがどこからともなく聞こえてきて異国情緒を感じる。かと思えば、公園から胡弓《こきゅう》の音色が響き、路地のむこうからは仏教寺院の祭壇に供えられた線香の匂いが漂う。

ヨーロッパであり東洋でもあり、どちらでもない不思議な街。

観光の途中、地元の人に大人気の大衆食堂に案内し、三人で飲茶《ヤムチャ》を食べることにした。午後過ぎだというのに、安くて味のいい店はいつも満員だ。

ぷりぷりとしたエビがジューシーな餃子《ぎょうざ》、ふかふかの生地に包まれた角煮チャーシュー肉まん、醬油《しょうゆ》ベースの胃に優しい豆腐麵《めん》といった中華点心から、何故かタラのすり身とマッシュポテトを混ぜたコロッケといったポルトガル料理もメニューに混ざっている。

「飲み物、お代わり、もらってくる」

カウンターに行き、ジャスミン茶やウーロン茶のグラスをトレーに載せて彼らの席にむかっていると、ふたりが春瀬の話をしていた。

「本当に春瀬くんを育てる気なのか？　無名の新人なんて……下手するとOVAになってしまうぞ」

「大丈夫、ここに半月いる間に、春瀬を何とかしてみせる」

何の話をしているのだろう。グラスをテーブルに置き、むかいの席に座った春瀬はさぐるように問いかけた。

「今……俺の話、してなかった？」

ちらりと矢倉は早河と視線をあわせる。早河が頷《うなず》くと、矢倉は少し身を乗りだして、じっと春瀬を見た。

「……おまえ、役者にならないか？」

一瞬、わけがわからず硬直したあと、春瀬はクスリと笑った。

「その代わり、今晩もあんたと寝ろって？」

「寝てくれるというならそれでもいいが、別に寝なくてもいい」

「ふざけてんの？」

「真剣に言っている。おまえ、映画が好きなんだろ、出演してみたくないか？」

「……エキストラ？」

「違う、主演だ」

　春瀬は舌打ちし、ため息をついた。

「ゲイむけのＡＶ？　それとも本番有りの裏ビデオ？」

「……そういうのに出演したことがあるのか？」

「誘われたことがある。ＳＭ調教ものや、黒人数人に喪服姿で強姦されるのとか、てきとーなのに。勿論出たことはねえよ」

「それ以外にこれまで芸能界から誘われたことは？　おまえの容姿なら、スカウトの一度や二度経験してるだろ」

「ああ、でも、そーゆーの、興味ないから」

「どうして？」

「俺が生まれる前、母親が水着のキャンペーンガールみたいな、ちょっとしたタレント活動やってて失敗したから、無駄に夢を見る気が起こらないだけだ」

「そういうことか」

矢倉は納得したように頷いたあと、目の前の皿やグラスをのけ、テーブルに身を乗りだしてきた。

「おまえには才能がある。映画に出ろ」

「冗談はやめてくれ。悪いが、俺、明日マカオを出て、どこか別の所に行くんだ。そのための資金が欲しくて、あんたのバイトを引き受けただけだから」

ドンとテーブルに手をつくと、春瀬は席を立ちあがった。

「それより最後の場所、早く行かないと。風が強くなってきた。タイパ島のミュージアム周辺に行くって言ってなかったっけ」

店を出ると、夕暮れが近づき、露天商のあたりは大勢の人でごった返していた。夕刻の明かりが街を少しずつ夜の顔に染めようとしている。

「待て。ミュージアムはいい。それよりも、春瀬、おまえと仕事の話がしたい」

露店街からライトアップされた観音堂《かんのんどう》前の駐車場にむかって歩いていると、後ろから矢倉が腕を摑んできた。

「イヤだって言ってるだろ」

彼の車の前で立ち止まり、春瀬ははっきりと言った。

「涼司、いやがっているぞ。離してやれ」

早河がさすがに矢倉を止めようとする。だが矢倉は春瀬の腕を摑んだまま離そうとしない。

「離す気はない。なかで話を」

「ふざけんな！」

「そうだ、涼司、大人げないぞ」

止めに入った早河に、矢倉は真摯な顔で言った。

「でも俺はこいつを使いたい。こいつを役者にする」

「バカじゃねえの、俺は男娼だぞ。役者なんて」

「それは俺がみきわめる。おまえには才能がある。努力次第で大物になれる」

「俺なんかが役者になってみろ。男娼だったことがばれて、スキャンダルになるぞ」

「大丈夫だ。おまえならスキャンダルも乗り越えられる。俺にはわかる、おまえは俺のために生まれてきたんだ」

きっぱりと有無を言わせぬ口調で断言され、春瀬はごくりと息を呑《の》んだ。

一体、この男は何者なのか。映画の関係者だというのはわかるが、役者のスカウトマンか、映画創りのプロデューサーかなにかなのか。

「涼司……本気なのか」

早河が低い声で矢倉に尋ねる。矢倉は春瀬を見据えた。あの、いつもの犯すような、射るような眼差しで。

「本気だ。俺は本気で彼に惚れたんだ」

本気で惚れた――――？

「わかった、涼司がそこまで言うのなら、ぼくも味方をする。……春瀬悠真くん、涼司の目は確かだ。どうだ、もう少し話を……」

早河が話しかけてきたその時、観音堂の前を通りぬけるベンツからクラクションを鳴らす音が聞こえた。艶のある黒塗りの車が近くの路上でぴたりと停まった。

春瀬ははっとした。リアシートに座っているのは、例の支配人だ。広場にいる春瀬たち三人は、いつの間にかこのあたりのマフィア組織の構成員数人に取り囲まれている。

――まずい、昨日の報復にきたのか。制裁される可能性があるとは思っていたが、白昼堂々と、マフィアを使うとは。

その時、後ろから近づいてきた中国人が広東語《カントン》で春瀬に声をかけてきた。

「春瀬、支配人がおまえに昨日のことで話があるそうだ」

矢倉が訝しげに目を眇める。

「矢倉さん、ちょっと待ってて。仕事のことで話があるらしいので」

春瀬が言うと、矢倉は手を離した。春瀬は中国人に広東語で返した。

「支配人は怒っているのか？」

「当然だ。反発すると、そこにいる日本人もひっくるめて報復すると言っているぞ」

「それは困る。彼らは俺を観光ガイドとして雇っているだけで、何の関係もない人たちだ」

「なら、それを支配人にちゃんと説明しろ」

中国人のひとりが春瀬に携帯電話を手渡す。車にいる支配人とつながっているらしい。

「やり方が汚ねーな……。で、俺はなにをすればいい?」

数十メートル先に停まっているベンツを見据え、広東語で電話に出る。支配人はアメリカ訛《なま》りの広東語で答えた。

『なにをすれば? 答えくらいわかっているだろう』

「一晩……あんたの相手をすれば、自由にしてくれるか?」

『おまえ次第だな』

「わかった。今からそっちに行く。五分だけ待ってくれ」

『五分?』

「ああ。ここにいる日本人にはガイドを頼まれ、あと一カ所、タイパ島に行くことになっていた。でも用ができたと言ってそれを断る。だからその間だけ待っていてくれ」

『わかった。ただし、五分きっかりでくるんだぞ』

「了解」

春瀬は電話を切り、中国人に渡した。むこうで待っていてくれと広東語で伝えると、彼らは支配人のほうをふりむいた。彼が目で合図を送ると、さっとその場から離れる。

「どうした、なにかあったのか」

矢倉が心配そうに訊いてくる。春瀬はその顔をじっと見つめた。

理知的で優しげな風貌の男。本気で惚れた……というのがどこまで真実かわからない。勿論、役者になどなる気はない。

けれどそれ以前に……なによりも住む世界が違いすぎる。

今日一日、夢のようだった。矢倉はちょっと変なところもあったが、けっこういい奴だったし、なにより憧れの黒木映画に出演していた早河杏也とも一緒にいられた……。

でもだからこそ自分のトラブルに巻きこませないようにしないと。プライドにかけて。

春瀬は微笑した。

「俺、仕事のことで用があるから、そろそろ行く。早河さん、黒木映画に出ていた人にこんなところで会えるなんて夢のようだったよ。矢倉さん、バイト代、そのうち取りにいくからあんたのところのホテルのフロントに預けておいてくれ。これも一緒に」

昨日もらった前金を渡すと、矢倉は眉をひそめた。

「あいつ、昨日のアメリカ人だろ、いいのか」

「でも、今夜は金くれるって言ってるから」

春瀬はあっけらかんとした顔で笑った。

「……本当に金をくれれば誰でもいいのか」

「ごめん、俺、そういうクズなんだ。役者なんてやる気はないし、今みたいにふらふらしてるほうが性に合ってる。努力して役者になるなんてバカらしいし。あんたも相手をさがすなら、もっとまともなのに声かけろ。あ、金のほう、忘れないでくれよ」

　ポンと矢倉の肩を叩き、背をむける。だが「待て」と後ろからグイと肘《ひじ》を引っぱられる。

「待て、もうやめろ、自分を安く売るようなことはやめるんだ」

「なにえらそーに。あんただって、俺、買ったくせに」

　一瞬、矢倉が押し黙る。そして低く歪んだ声で言う。

「それなら俺がおまえを買う」

　その時、支配人の車のクラクションが鳴った。早くしろ、とせかしてくる音。このままだと面倒なことになる。

「悪いな。先着順なんだ。横から入るのはルール違反だ」

　その手を払って、車にむかう。しかしこれ以上ないほど強い力で後ろに引っぱられる。

「ちょ、離せって！」

「駄目だ。自分の大切な人間をむざむざあんな奴のところに行かせられるか」

「ふざけんなって、あんたとは一日かぎりの約束だろ」

　揉みあううちに、不審に思ったのか、支配人が中国人たちに目で合図を送る。彼らがこちらの車にむかってきそうになった時、矢倉はぱっと自分の車のリアシートを開けた。

「おまえはここに入ってろ」

リアシートに押しこめられそうになる。

「いやだって」

「駄目だ！」

その時、矢倉はぐぅっと春瀬の腹部に拳《こぶし》を埋めこんできた。あまりの強い衝撃に息ができず、春瀬は硬直した。

「な……っ」

はっと目を見開いた次の瞬間、冷ややかに笑った矢倉にドンと肩を突き飛ばされ、車のなかに押しこめられた。そのまま春瀬は意識を手放した。視界のむこうに、瞬き始めたカジノホテルの猥雑《わいざつ》なほど賑々《にぎにぎ》しい明かりが揺れていた。

# SCENE 4

「……っ」

薄暗い部屋のなか、うっすらと意識が戻ってくる。

スプリングのいい大きなソファにうずくまり、羽根のように軽い毛布をすっぽりと肩までかぶって眠っていたらしい。

同じ姿勢でずっと眠っていたせいか、首と肩……それに横っ腹が痛い。

確かホテルの支配人の車にむかおうとしたところを矢倉《やくら》に呼び止められ、揉《も》みあっているうちに、いきなりみぞおちに鉄拳《てっけん》を喰《く》らわされ、車のリアシートに詰めこまれたことまでは覚えているが。

――あの野郎、俺をどうするつもりだ。親切にも、俺は支配人から護ってやろうとしたのに。言うことをきかないと思った途端、いきなり殴って、車で拉致《らち》はねーだろ。

半身を起こし、春瀬《はるせ》はようやく暗闇《くらやみ》に慣れた目であたりの様子を確かめた。

薄暗くてよくわからないけれど、ガラス張りになった窓のむこうに、南欧風のエレガントなパティオが見える。
昨夜のホテルではない。個人所有のコテージ？
ここは一体どこだろう。春瀬は半身を起こした。
明かりは壁の前の小さなスタンドだけ。朝、買った服のままだった。上着もそのままという
ことは、ここに連れてきて、そのままソファに横たわらせただけか。
ジョッパーズ風のブーツだけが無造作に脱がされ、ソファの下に転がっていた。そっとそれ
を手にとり、扉に近づいてパティオのガラス戸を開けて外を確かめた。
「……っ」
ぱっと頬《ほお》を撫《な》でる緑を含んだ風。随分と強い風が吹いている。
椰子《やし》の木や泉、それに小さなプール……と続き、壁の切れ目に黒い鉄製の扉があった。
そこを開けて外に出られるかと近づいてみたが、セキュリティロックがかかっていて扉は微
動だにしなかった。
壁をよじのぼれないか、上を見あげてみたが、厳重に警備されているのか、鉄条網が張りめ
ぐらされていて外から侵入できない代わりに、なかからも逃げられないようになっている。
壁をくりぬいたような小窓は、数センチごとの鉄製の柵のせいで、腕を出すことすらできな
い。
――こんなに防犯して。一体、どこのセレブなんだ、この建物の持ち主は。

小窓の柵の隙間から目を凝らして見ると、遠くのほうに黒々とした海とカジノホテル街のネオンがうっすらと点滅しているのがわかった。

きらきらと煌《きら》めく空港も、離発着している飛行機も。建物のまわりは鬱蒼《うっそう》とした林になっているらしく、明かりがついていない黒々とした闇が広がっている。

この雰囲気からすると、このあたりはコロアン村だ。マカオでも鄙《ひな》びた場所にある。ゴルフコースの奥にある別荘地帯だろう。世界各国の富豪や中国の要人の建物があると聞く。

ぐるりとあたりを見まわした時、さっとひときわ強い風が頬を叩《たた》き、頬が濡《ぬ》れたように感じた。はっと振り仰ぐと、上空から小雨が降ってきていた。

「雨……か」

空気の様子、空の感じ。風が吹いているのに、どことなく静かに感じるこの雰囲気は、マカオに台風が近づいている時特有のものだ。

確か台風が近くにきているというニュースを見た記憶がある。まだ数日あると思った気がするが、台風がきてしまうと、その間、マカオはそれこそ本物の孤島になってしまう。

――早くマカオから出よう。いや、その前にここから。どこかに出口はないのか。

応接室に戻り、あたりを確認しながらそっと廊下に出る。

天井に嵌《は》めこまれたダウンライトがひとつだけ灯《とも》った薄暗い廊下は、息づかいさえ聞こえてきそうなほどシンと静まりかえっている。

まったく人気はない。家具はすべてシートで覆われ、壁に飾られた写真や柱時計にもカバーがかけられている。

ホラー映画に出てくるような、死んだような館《やかた》だ。一体、矢倉はどこにいるのだろう。どうしてあんな真似《まね》をしてまで、自分をここに連れてきたのか。

足音を殺し、息を詰めながらあたりを確かめて進んでいく。

大理石の床やミモザ色の壁、吹き抜けになった高い天窓。その先には玄関。扉が半分だけ開き、誰かの話し声のようなものが聞こえてきた。

春瀬は息を呑《の》み、耳を澄ませた。

「……あ、ああ、わかっている」

聞こえてきたのは、矢倉の声だった。

そっと玄関の近くまで進み、柱の影に身を潜め、春瀬は矢倉の様子をうかがった。半分ほど開いた重厚な鉄製の扉にもたれかかり、外にむきながら矢倉が電話で誰かと話をしている。

「よく聞こえない。電波が弱いんだ。建物に入ると、すぐに切れてしまって。ああ、わかってるよ、早河《はやかわ》さんの言いたいことはわかっている」

早河……。ということは、彼はここにいないということか。

「ああ、でも俺は本気なんだ。だからオヤジの別荘に連れてきた……」

別荘？　彼の父親もマカオに別荘を持っているのか？　確か早河の話だと、黒木《くろき》もこの村に別荘を持っていたようだが。

矢倉は近くに春瀬がいることに気づいていない。

「大丈夫だ、春瀬のホテルの支配人には、文句があるなら、李鈴仁《リ・リンレン》を通せと言っておいた。使いたくないが、オヤジの友人の名を口にしてしまった」

その名、耳にしたことがある。マカオのカジノを仕切っている大物マフィアのひとりで、彼に逆らうとこの街では生きていけないとまで言われている。

そんな人物と、矢倉の父親は知りあいなのか？

「……早河さんのほうからも三井《みつい》に連絡し、李氏に話をつけておいてもらうよう、たのんでくれないか。あのアメリカ人の支配人がマフィアとつるんで、俺たちに手を出したら困る」

その話を聞いているうちに、ぞっとしてきた。

もしかすると、この男たちは支配人よりも危険なのではないだろうか？

役者にならないかとスカウトし、実は詐欺や暴力団関係が背後にいて……という話は何となく耳にしたことがある。早河がいたので安心していたが、こういうわけのわからない奴らとはできるだけ関わりあいになりたくない。

——うまく逃げなければ。このままフェリーのターミナルにむかって……。

躰《からだ》をさぐり、パスポートがズボンのポケットに入っていることを確かめる。早河からもらった音楽プレーヤーもそこに入っているので、香港に行くぐらいはできるだろう。

「……他に出口はないのか」

玄関に背をむけ、春瀬は奥に進んでみたが、裏口もセキュリティロックがかかっていて、暗証番号かカードキーがなければ、なかからも出ることができないようになっていた。

しかもさっき春瀬が横たわっていた応接室以外は、どの部屋にも鍵《かぎ》がかかっていて扉を開けることはできない。

——何なんだ、この家は。まるで牢獄のようだ。

春瀬はあたりを見まわした。廊下の端に二階へと進む階段を見つけた。

「そうだ、二階の窓から……」

足音を立てず、春瀬は静かに二階に進んでいった。


石造りの階段をあがっていくと、そこには不思議な空間が広がっていた。

非常用の淡いライトだけがついた部屋。廊下やさっきの応接室の南欧風の内装とはまるで違う。天井は二階分くらいの高さがあるだろうか。四方に窓はなく、打ちっ放しのコンクリートの壁に四方を囲まれた空間。広さは……学校の教室の三倍といったところか。

——ここは……。

だだっ広い倉庫のようなワンルームだ。

一歩踏みこむと、自分の呼吸の音ですら反響しそうな空間に感じられた。

一見、ただのがらんどう。だがよく見れば、入ってすぐの左側の空間には、簡易キッチンがしつらえられ、そのむこうは衝立《ついたて》で仕切られ、トイレとシャワーつきのバスタブが無造作に置かれていた。

「何なんだ……ここは」

さらに進むと、白い仕切りカーテンがあり、そこを開けると、倒錯的なプレイを楽しむような道具や鉄柵のついた天蓋《てんがい》つきのベッドや人を吊《つ》り下げられそうな道具も幾つか残っていた。

サバイバルナイフやエアガン、日本刀、それにアーチェリーの道具……といった武器まで並べられている。

その傍《かたわ》らに非常口があった。だがその扉もセキュリティロックがかけられていた。

それにしてもここは……と首をかしげ、さらに奥に置かれた衝立をずらすと、そこには小さな部屋があった。

電話機やテレビ、ビデオといったオーディオ類が棚に並べられ、映画撮影用の機材や幾つものフィルムが並べられていた。

なにげにテレビの分厚さが年代を物語っている。電話機も古めかしいデザインだ。

そして棚の脇《わき》に長細いデスク。壁にはタイムスケジュールが手書きで記された古びた紙が貼《は》り付けられている。

眺めているうちに暗闇に目が慣れ、あたりの様子がはっきりとわかってきた。

ここは演劇の稽古《けいこ》場か。それとも小さな写真スタジオ、或《ある》いは動画の撮影所だ。

ベッドや道具を使ってポルノかSM映画でも撮っていたのか。

見れば、壁には何枚かのポスターが貼られている。

ちょうど非常口についた小さなライトがスポットのようになり、写真の貼られた壁をあざやかに浮きあがらせていた。

「……っ」

両手両足を鎖でつながれ、口に拘束具を咥《くわ》えさせられた若い男。

ロープでぐるぐると縛られ、パイプベッドに縛られた裸体の男。首に鞭《むち》を巻かれ、苦しそうに躰をよじらせている男。

モノクロのアート系の写真の数々。映っている男の顔は影になっていてよくわからないが、恐らくこれは早河杏也《きょうや》だ。

「すご……エロかもしんないけど……こんな綺麗《きれい》な写真……初めてだ」

春瀬は呆然《ぼうぜん》とした面持ちで独り言を呟《つぶや》き、そこにある写真を一枚一枚確かめていった。

モノクロ写真のポスターが四枚。その横には、今度ははっきりと早河の顔だとわかるカラー写真のポスターが四枚。

コマ送りのフィルムのように一枚ずつ貼り付けられている。

モノクロームの写真とはまったく対照的なカラー写真の数々。

なにも身につけていない早河がぺたんと床にしゃがみこみ、誰かの手から白い剝《む》き身のライチを食べようと舌を突きだしている姿。

まき散らした牡丹《ぼたん》の花びらに埋もれている早河に天窓の十字になった鉄柵の影がかかっている光景。

ラズベリージュースを頭上からシャワーのように浴び、恍惚《こうこつ》とした表情をしている姿。

——これもモデルは早河さんだ。どうしてここにこんな写真が。

写真は、エロスがテーマなのだろう。

モノクロームのほうには『被虐』という文字が記され、カラー写真のほうには『捕食』という文字が記されている。

モノクロのほうはその美しさと大胆な芸術性がすごいと思う。けれどカラーのほうは何というか……見ていると変な気分になる。自分まで犯されているような気がして腰のあたりに疼《うず》きを感じてしまって。

——何なんだ……これは……。

不思議な昂揚《こうよう》と肌が熱くなるような感覚に囚われた時、テーブルに八ミリビデオの小さなテープが積みあげられていることに気づいた。ハンディカムかなにかで撮られたものらしい。

そのテープに貼られたシールになにか文字が記されている。黒いマジックで走り書きしたようなもの。

「黒木拓生《たくみ》……個人撮影記録集№一一八五……」

非常用のライトの下でそれを確かめた春瀬は、驚いた表情であたりを見まわした。

「まさか……ここは」

矢倉の父親の別荘だと言っていたが、では……矢倉は……。

ひとつの憶測が脳裏をよぎったその時、自分の足下の床に長く伸びた人影があることに気づいた。長身のその影を辿《たど》っていくと、戸口にひとりの男が佇《たたず》んでいた。

「……っ！」

心臓が飛び出しそうなほど驚愕《きょうがく》し、春瀬は一歩後ろに下がった。

持っていたテープを落とさず、無意識ではあったが、あとずさる途中、そっと机の上に置いたのは、そこに黒木の名が記されていたせいだ。

「そこでなにをしている」

怒りをにじませた男の低い声。コンクリートに囲まれた空間にその声は異様なほど大きく響き、威圧されているように感じた。

「これは……ただ……偶然見かけて」

震える声など出して、一体、自分はなにを言いわけしているのか。暴力を振るってこんなところに連れてきた矢倉を責めるべきなのに、黒木の存在を発見した驚きが勝り、声だけでなく、膝《ひざ》や手までぶるぶると戦慄《おのの》かせている。

「ここはおまえの好きな、黒木が使っていたスタジオだ」

「あんた、黒木監督とはどういう……。ここは……あんたの父親が建てたと言ってたけど……まさか黒木監督は……」

「黒木とは何の関係もない。俺が大学時代に亡くなった男だ。現場で会ったことすらないよ。ただ早河やプロデューサーが彼と知り合いだっただけで」

「下手な嘘をつくな。じゃあ、どうしてここに彼の未公開の作品があるんだ」

矢倉は憂鬱《ゆううつ》そうに顔をそむけた。

「やっぱりあんた……黒木監督の息子なのか」

その言葉に矢倉は眉間《みけん》に皺《しわ》をよせた。

「俺は自分を黒木の息子だとは思っていない」

いちいち詮索するなという突き放すような態度だった。

矢倉が黒木の息子――――。

その事実に驚きながらも、あまりに彼が嫌悪している様子に、春瀬はそれ以上なにも訊《き》く気にはなれなかった。彼は黒木の息子だということを心の底から嫌悪している。

それが彼にとって誇りであったり、嬉《うれ》しいことであったりしたら、春瀬が黒木の作品のファンだったと言った時に話題にしただろう。だが彼はなにも言わなかった。それどころか不機嫌になった。

それに早河のあの笑い。『よりによって涼司《りょうじ》が惚《ほ》れた奴が黒木のファンか、それは面白い』と漏らし、皮肉とも嫌味とも思える態度で笑っていた。

「あんたが何者かなんてどうでもいいよ。それより、俺を外に出してくれ。あちこちロックがかかっていて、建物の外に出ることができない」

もう一度、春瀬は非常口の扉を開けようとした。だが勿論《もちろん》、そこが開くことはない。

「この建物の扉はすべてオートロック式で暗証番号がないと開かないシステムになっている。特にこのスタジオは黒木の貴重なフィルムやデータが残っているので、外が火災になっても中身が護られるようになっている。どうしても出たければ、そこしかない」

矢倉はすっと親指を立てて、上のほうを指さした。

「そこ?」

釣られて視線をむければ、スタジオの隅に階段があった。あがって行ったところに、そこから下にむかって撮影ができるようなスペースがある。そこからさらに梯子《はしご》であがった場所に、陽《ひ》が入らないような遮光カーテンがかかっている場所。あのむこうに天窓があるらしい。

「わかった」

階段にむかおうとした春瀬に、矢倉は嘲笑《ちょうしょう》するように言う。

「建物の外に出たとしても、屋敷を囲む壁にはすべて高圧電流が流れた鉄条網が張り巡らされている。さらには建物のまわりが渓谷になっていて、表玄関の前にある跳ね橋を下ろさないかぎり、外に出ることはできない。勿論、跳ね橋にもセキュリティロックがかかっていて、俺の車についたリモコンでしかひらかない」

「そんな……どうして」

「おまえの大好きな黒木拓生の趣味だ。ここに未公開、未編集のフィルムを集め、いつか閉じ籠もってひとつの作品を創る……というようなことを言っていたが、あいつのことだ、ただ面白がってホラーハウスのような建物を造ってみただけだろう」

「でも……だからって……だけど……どうして……そこに俺を……」

「どうしてもおまえがあのアメリカ人のところに行くのを止めたかった」

「そのためにこんな手のこんだ真似を？」

「でなければ、おまえはあいつのところに行っただろう。それくらいなら、おまえをここに閉じこめ、つないで、自分のものにしようと思った」

憮然《ぶぜん》とした表情で言う矢倉をまじまじと見たあと、春瀬はフンと鼻先で嗤った。

「そういや、俺に惚れたって言ってたっけ？　そんなにい……いい躰してたか？」

壁に手をつき、春瀬は横目で彼を見た。

矢倉は「ああ」と頷く。

「確かに、いい躰している。いや、素晴らしいのは躰だけじゃない。その目、その口元、その首筋、その声、その口から出る言葉、眼差しからあふれる視線、しなやかな動き……そのすべてが俺には宝石のように思える」

さも幸せそうに言う姿に、背筋がぞくりと震える。この男、同性趣味の変態なのか？　それともストーカーか？　昨夜は優しくて、遊び慣れていない男にしか思えなかったが。

「それ……危なくね？」

不気味さ、恐怖を感じながらも春瀬はそれを感じさせまいとわざとらしく苦笑し、冗談めかして言った。

「かもしれない。でもおまえに惚れてしまったんだ。これはもうどうしようもないことだ」

本気か冗談か……。いや、冗談を言うタイプには見えない。なまじ見た目が理知的で、温厚そうな男なだけに、余計に思い詰めたように感じられて怖くなる。

「あ、でもさ、惚れたからって……こういうの……まずくない？」

春瀬はできるだけやわらかく言った。

「確かに自分でも危ないと思う。だが止められなかった。自分の掘った穴にダイヤモンドの原石があれば、誰だって拾うに決まっている。ましてやそれがこれまで見たこともないような大きさと輝きを持ちあわせているものだとすれば」

惚れているにしては、なにかドリームが入ってないか？

確かに……こんな容姿をしているので、男からも女からもよく誘われる。けれどたいていは一度の快楽を求める対象であったり、連れて歩くと楽しそうだからという理由からでしかない。こんな奇妙なことを言われたのは初めてだ。

「あんた……ちょっとイカれてる？」

春瀬は口元を歪めて問いかけた。

「かもな。黒木と同じで」

冷ややかに微笑すると、矢倉はガチャンと音を立ててスタジオの扉を閉めた。

「……っ！」

がらんとしたスタジオに、大きく反響する音。四方から響いてきた音に胃が萎縮《いしゅく》しそうな圧迫感を覚える。

じっと春瀬を見据えたまま、矢倉は、一歩、二歩と近づいてくる。

やばい。本能的に危険な気配を感じ、春瀬は後ずさった。さらに矢倉が近づき、さらに春瀬が後ずさる。ということを何度かくり返すうちに、背中が壁につき、春瀬はごくりと息を呑んだ。

見あげると、目の前に矢倉が立ちはだかっていた。

「……っ」

春瀬は息を詰めた。

矢倉は春瀬の逃げ場を奪うように壁に両手をつき、懇願するような口調で言った。

「俺の話を聞いてくれ。これは正式なオファーなんだ、俺は怪しい者じゃないから」

この男の素性が怪しくないのはわかっている。この男は黒木拓生の息子だ。しかしだからといって、彼の行動がおかしくないというわけではない。

「春瀬、俺はおまえのことが…」

彼の手が肩にかかった瞬間、春瀬は反射的に彼の向こう脛《ずね》を蹴《け》飛《と》ばしていた。

小気味よく足の側面が骨にぶつかる感覚。

「うっ……！」

がくんと彼が床に膝をついた瞬間、ぐいっと矢倉の腕に摑みかかり、春瀬はその首筋にサバイバルナイフをつきつけた。さっき見かけた時にポケットに忍ばせておいたものだ。

「怪しい者は怪しいって言わねーよ。あんたの行動は既に怪しいを通り越してる」

矢倉を睨《にら》みすえると、彼は眉間に皺をよせ、床に膝をついたまま、じっと喰いいるようにこちらを見あげてきた。

しばらく視線を絡めたあと、矢倉はふっと口元に冷ややかな笑みを浮かべる。

「おまえの目つき……最高だよ」

ぼそりと呟かれた言葉。満たされたような恍惚《こうこつ》とした声音だった。

「な……」

背筋に冷たいものを感じ、怯《ひる》みそうになる。

「おまえのその目が……好きだ」

射るような眼差しに捉えられ、あまりの不可解さとわけのわからないものへの戦慄《せんりつ》がない交ぜとなって春瀬の全身を呪縛《じゅばく》していた。

──おかしい、この男……。変だ。

首にナイフを突きつけられているんだぞ。腕を摑まれてねじ伏せられたようになり、いつグサリとやられるかわからないんだぞ。

なのに恐怖を感じている様子もなく、現実などどうでもいいかのように、こちらを観察しているその神経が信じられない。得体のしれないものへの恐れは感じているものの、しかし自分はそれに気圧《けお》されるようなやわい神経の持ち主ではない。

何としてもここから抜けだし、今夜のうちにマカオを離れる。そう強く決め、大きく息を吸って矢倉をさらに冷徹に見据えた。

「おい、そんなことはどーでもいいから暗証番号を言うんだ！」

ナイフの先を、くぅっと首筋の皮膚に食いこませる。

さすがに痛みを感じたのか、矢倉がわずかに眉間に皺を刻む。

すかさず彼の腕を摑みあげる腕に、春瀬は力を加えた。ギシッと矢倉の肩の関節が軋《きし》むのが伝わってくる。

「早く言え！」

自分の目がナイフよりも鋭利に閃《ひらめ》くのがわかった。しかし矢倉はいっこうにおびえた様子を見せない。それどころか微笑し、搦《から》め捕るようにこちらの目を見つめてきた。

「いい、その表情。そそられる。背筋が痺れそうだ」

闘志や戦意といったものとは紙一重のところにある、なにかを渇望している透徹した兇猛《きょうもう》さをにじませた眼差し。このまま刃を首筋に突き立てられたらどうなるか、などという現実的な意識は完全にその脳から消え失せているようだ。

「俺はおまえを手放す気はない」

「ふざけんな、ぶっ殺すぞ!」

ひずみのある、春瀬の低い声がスタジオに反響した。ナイフの切っ先を突き立てたまま、首筋の皮膚の上を移動させていく。

刃先と皮膚の間から、糸のように細い一筋の血が流れていった。

それでも矢倉はナイフを突きつけられていることも忘れたように、春瀬の一瞬一瞬の映像や動き、それに声といったすべてをその脳内におさめるかのように、耳を澄ませ、目を凝らし、息を詰めたままじっとこちらを凝視している。

——だめだ、こいつは完全におかしい。

その時、彼のズボンのポケットに、車のキーを見つけた。一瞬だけナイフを持った手で、そこからキーを抜きとる。

キーだ。この館から出て、車に乗れば、跳ね橋を下ろしてここから出ることができる。

春瀬はそのまま矢倉の背にドンと肘《ひじ》を振り下ろした。

「く……っ」

うずくまるように床に倒れた矢倉の腹部を蹴飛ばしたあと、春瀬は天窓へとつながった階段にむかった。

あそこからしか出られないのなら、天窓から外に出て、車でここから逃げ出してやる。

細長いロープがあったのでそれを手に天井近くまで続く梯子階段をのぼり、春瀬は屋上らしき場所に出た。

ぱっと躰が風に煽られる。いつのまにかさっきまでの小雨は、大雨に変わっていた。

少し斜めになった屋根の上を滝のように雨が流れ、海のほうに遠雷が光るのが見えた。

「く……っ…」

重さを孕んだ風に全身を打たれ、大きく躰が風に煽られる。立っていることもままならない。

だがここからロープを下ろして外に出るしかない。春瀬は窓枠にロープを結び、どこから降りるのが一番いいか確かめようと、膝をついた姿勢で屋根の先から下をのぞきこんだ。

「……っ！」

吹き上がる風に躰が浮きあがりそうになる。その下は断崖《だんがい》になっている。

その時、雷鳴が轟《とどろ》いた。頭上からヘリコプターが落ちてきたような轟音《ごうおん》に身が萎縮《いしゅく》してしまうが、とにかくここから逃げなければ……という思いが春瀬を衝き動かしていた。

屋根伝いに反対側にむかって、そこから降りられないか下をのぞきこむ。

屋根の真下にバルコニーがあり、石段が下へと続いている。さっきの非常口から外に出ると、そのバルコニーに着くのだろう。

ロープの長さが少し足りないかもしれないが、この高さなら落ちたとしてもしれている。

春瀬はロープを摑んだまま、そこから降りようとさらに屋根の先に進んだ。

万が一にでも車のキーを落とさないよう、ズボンのポケットに入れ直そうとしたその時、再び雷が光り、あたりが昼間のようにまっ白になった。

続いて雷の激しい爆音。

「くっ……！」

とっさに身を縮ませた瞬間、ポケットに入れかけていたキーがつるりと濡れた指先からこぼれ落ちた。

「あっ、駄目だ！」

はっとして拾おうとしたが、指が届かない。屋根を伝って転げ落ちていくキーに、春瀬はさらに身を乗りだして手を伸ばした。

だが風に煽られたように、キーは暗い闇の底に落ちていく。それでも必死にそれを摑みとろうとしたその時、激しい横風が春瀬の躰を襲った。ふっと躰が浮きあがったようになり、摑んでいたロープが手から離れる。摑み直そうとしてもロープの先を摑むことができない。

「ああっ！」

引力に躰が引きずりこまれていく。春瀬の躰は風に飛ばされたように、宙に浮き、暗い闇に吸いこまれるように落下していった。

「うっ！」

躰に激しい衝撃を感じた次の瞬間、春瀬は意識を手放していた。もう駄目だ……と心のどこかで覚悟しながら。


ここはどこだろう。暗い部屋のなか、両手を広げられて仰向けに倒れているような気がするが、あの世に逝ってしまったのだろうか、それとも。

瞼《まぶた》に触れた前髪が目に入りそうでうっとうしい。前髪をかきあげようと身じろいだが、ぐっと両腕にかかる拘束感に、春瀬は我に返ったように瞼を開けた。

「……っ！」

暗くてよく見えない。ただ全身にどうしようもないほどの圧迫感を覚えている。

どうやら両手を手錠のようなものでつながれているらしい。足首にも片方だけ足枷《あしかせ》のようなものがつけられている。

一体ここがどこで、自分はどういう状況に置かれているのかわからない。

麻酔かなにかでずっと眠らされていたのだろうか。

全身の血がうまくめぐっていないときに似た、重苦しい倦怠感《けんたい》が全身に滞《とどこお》っている。

それに大型の圧縮機で脳をプレスされたような、ズキズキとした不快な頭痛に襲われ、胃のなかも空腹のはずなのに、どろどろに鉛を溶かして流しこまれたようなイヤな嘔吐《おうと》感が湧《わ》いてきていた。

——そう……か。俺は、矢倉という、あのイカれた男から逃げようとして屋根にのぼって
……そのまま落ちて。

少しずつ甦《よみがえ》ってくる記憶。長い眠りのなかにいたため、それまでの現実がはるか昔に見た夢のように、遠い世界での出来事のように感じられる。

逃げようとしても逃げようとしても逃げられず、今度はベッドに鎖でつながれている。

そういえば、そんなホラー映画も何本か見たことがある。主人公が逃げだそうとしても逃げだそうとしても逃げられない。オチは主人公が相手を倒して自由を得るというものが多いが、主人公以外の登場人物はたいていたい悪役に惨殺される。

矢倉が恐ろしい猟奇殺人者とは思わないが、自分が映画の主人公であるという保証もない。

「く……っ」

何度か身じろいで、手首を拘束する手錠のようなものから逃れようとするが、まったく身動

きがとれない。左足には足枷。そして右足は踵《かかと》を包帯でぐるぐると固定されている。

ベッドの上でもがいていると、ふいに声が聞こえてきた。

「気がついたのか」

春瀬はごくりと息を呑んだ。

見あげると、非常灯の明かりがぼんやりと矢倉の姿を浮かびあがらせていた。

手首の皮膚に喰いこむ手錠に痛みを感じながらも、春瀬は躰をよじり、じっと目を凝らして矢倉の顔を見つめた。壁についた小さなオレンジ色の灯《ひ》が彼の横顔にやわらかな影を刻んでいる。ようやく目が薄暗闇に慣れてくる。

穏やかな表情。こうしているとイカれているようには見えない。

「矢倉さん……俺は一体……」

大雨のなか、落ちていったキーを拾おうとして、そのまま自分も屋根から落ちたのだ。その後のことはまったく記憶していない。

「おまえは、バルコニーの手すりにひっかかって気を失っていたよ。手すりがなかったら完全に谷底に落ちていた。今ごろ、あの世に逝ってたぞ」

あの世……。意識を失う前、落下する前に見た黒々とした谷底を思いだし、背筋にぞっと寒気が走った。

「……くっ……」

身じろごうとしたが、躰に痛みが走る。

「痛いのはあちこち打撲しているからだ。右足は腫《は》れがひどかったので、湿布を巻いて固定しておいた。捻挫《ねんざ》をしているかもしれない。あと肩や腕も少し腫れていた。一週間ほど打ち身がこたえるかもしれないが、怪我《けが》らしい怪我はないようだ。骨折もない。よかったよ、大怪我をしても、車が使えないのでどうすることもできない」

「あ……俺、車のキー……落としてしまって」

「仕方ない。そのうち管理人に合い鍵をもってきてもらう」

「管理人？」

「ただし日本に旅行中なので、帰国後になると思うが」

「そんな人がいたんだ？」

「ここの管理を任せている。とりあえず地下室に食料が買い置きしてあるので、それで何とかなるだろう」

「ずいぶん用意周到なんだな」

「もともとマカオ国際映画祭のあと、ここで半月ほど籠《こ》もって仕事をするつもりだった。新作のロケハンをしながら。それを知って、管理人が当分の食料と生活用具を用意しておいてくれたんだ。あと電気や水道、それにガスも使えるように」

「あの、ロケハンて？」

「ロケーション・ハンティングだ。ああ、すまない、これは少しゆるめてやろう」

矢倉は春瀬の手をつないでいた手錠の先にある細めのチェーンをゆるめてくれた。

といっても手錠も足枷もついたままだった。

それぞれの先についたチェーンは五メートルほどの長さか。逃げ出すことはできないが、これで起きあがることができる。それにベッドの片側にある衝立のむこうのトイレにもシャワーにも行けるだけの距離があった。

「あんた、一体、何者……」

「俺は新米の映画監督だ。映画祭のあと、シナリオライターの早河と新作のロケハンのために、マカオに残っていたんだ。おまえに会った夜、カジノホテルの前で写真を撮っていたのも、プロローグの場所に使えるか確かめるためだった」

だから大雨のなか、大通りのど真ん中で写真を撮っていたのか。

「新米の映画監督てことは、父親と同じ道を歩んでるんだ」

「同じというわけではない。あんなろくでなしと一緒にしないでくれ」

矢倉は忌々しそうに吐き捨てた。心底、嫌っているような態度。早河が大笑いしたことと、この異様な嫌がりようから察したところ、父親である彼にライバル心を抱いているのかコンプレックスを感じているのか。

「ろくでなしって……そんなにひどい父親だったの？」

「ああ、どうしようもないろくでなしだった。女優だった俺の母との離婚を皮切りに男女見境なく恋愛問題を起こし、大麻所持、暴力事件で逮捕された挙げ句、しまいには国際映画祭で大賞を受賞した直後に、飲酒運転で高速を飛ばして事故死。あれがろくでなしでなかったら、誰がろくでなしなんだ」

「あ、じゃあ、矢倉ってのは……母親の苗字?」

「母の旧姓だ。今は実業家と再婚しているので違う姓を名乗っているが。黒木との過去はなかったことにしたいらしい」

「どうして」

「最悪の男だからだ。黒木と最後までつきあうことができたのは、恋人でもあり映画制作の同志でもあった早河さんだけだ。ああ、あとプロデューサーの三井さん。三人でよくこの別荘に籠もって映画の打ち合わせをしていたらしい。早河さんには、俺もずいぶん世話になった。あのダメオヤジに代わって、親代わりとして、学校行事や進路相談に顔を出してくれたからな」

それで矢倉は早河とあれだけ親しくしていたのか。確かに仲のいい家族に見えた。

「早河さんが……黒木監督が亡くなったあとに引退したのは、やっぱり監督を愛していたから?」

「ああ、オヤジ以外の映画には出たくないんだってさ。それからは三井さんと組み、主にシナリオを書いたり、制作に関わったりスタッフに徹している。今回の新作も、三井さんと早河さんが制作に関わっていて……俺を監督にと推薦したんだが、どうしても主役のイメージが掴めないでいた。だから断るつもりでいた」

そこまで言うと、矢倉はじっと春瀬を見た。

「そんな時におまえと出会った。新作の主役のイメージにぴったりなんだ」

「……それでこんな真似を？　俺がマスコミに話したら、あんた、おしまいだぜ」

「覚悟の上だ」

さらりと返された矢倉の言葉。理知的で温厚そうに見えたが、最初から目だけはどこか変だった。こちらを犯すような眼差しをしていた。

――まさか猟奇趣味があるんじゃないだろうな。

以前に観た映画で、そんなシーンがあった。旅先で目隠しされ、意識を失っている間に暗い建物のなかに運ばれ、目隠しをとられたら、目の前にチェインソーを持った男が立っているというのが。

「あんたの行動も最低だが、この建物も最悪だ。一体、どうなってるんだ！」

「外部からの侵入者を避けるために徹底されている」

「この趣味の悪い別荘……本当に黒木監督のものだったのか」

「ああ、そこらへんにあいつの撮った写真やテープが残っているだろう。ここはあいつが日本のマスコミから逃れ、自由に好きな作品を撮って遊ぶために創ったスタジオだ。今は俺のものだが、ここには十数年ぶりにきた」

矢倉は春瀬の隣に椅子《いす》を置き、腰を下ろした。

「知りあったばかりの相手を拉致して、こんなふうに拘束するなんて……予想もしなかったよ、あんたまじめそうなおっさんだからすっかり安心して……」

「おっさんはやめろ。俺はまだ三十を過ぎたばかりだぞ。確かに二十歳過ぎのおまえから見れば、おっさんなのかもしれないが」

参ったな、と頭をボサボサとかきあげる仕草。自分を見つめる時以外、矢倉はやはり穏やかで優しい男に見える。春瀬は矢倉をまじまじと観察したあと、ふっと笑った。

「確かに見た目は若いよ。でも、あんた、妙に落ち着いてるから」

「年よりも老けて見られるのには慣れている。オヤジが子供みたいな奴だったからな」

肩をすくめ、矢倉はキッチンの隣のキャビネットからワインボトルをとりだした。キャビネットではなく、よく見れば空調が調節されたワインセラーになっている。

「ポルトガルのワインでも飲むか？　それとも中国酒？」

「あ、別に何でも」

春瀬はにっこりと微笑した。

「どうした、急に素直になって」

「どうせ管理人は数日後にしかこないんだろ。捻挫してて動けないんだし、あんたと仲良くして、ちゃんと食べ物とかにありついたほうが賢いかと思っただけだ」

「それは賢明だ」

「だろ」

にこっと笑いながらも、春瀬はただひたすら手錠と足枷をどうやって外させるかを考えていた。とにかくこれを外させないと逃げることもできない。

このあとのことを頭のなかでシミュレートしながらも、矢倉に疑惑をもたれないよう、春瀬は自分から殺気のようなものがにじみでないよう、きわめて穏やかな素振りをした。

「俺、役者になるかどうかはわからないけど……矢倉さんて、一体、どういう映画、撮ってるの？　観てからでないと、返事することできないよ」

矢倉はグラスを口元に近づけ、瞼を閉じて香りを吸いこむように飲んだあと、小さくため息をついた。

「これまで撮ってきたものといえば、法廷ものだったり家族ものだったり。何の参考にもならないよ」

「じゃあ、それでいいから。最新作……観せてくれよ」

「駄目だ」

矢倉は不機嫌な声で答えた。

「何で？　俺をスカウトするなら、ちゃんと自分の映画を観せてからにしろよ」

「今、ここに動画がない」

「ネットで配信されてないの？」

「この部屋ではつながらないんだ。この別荘は、十数年前に建てられ、それ以来、何の手も施されていない。ネットはかろうじて重たい電話回線でつながる程度のものしかない。動画をダウンロードするのは無理だ」

「無線ＬＡＮどころか、有線も？」

春瀬は驚きの声をあげた。

「携帯ですら室内だとつながりにくい。撮影機材もＣＧ系のものは殆《ほとん》どない。フィルム用のものばかりだ。ＤＶＤに至っては、俺が持ってきたノートパソコン以外、観られる機材はない」

十数年前の電子機器レベル。それがどういうものなのかあまり想像できない。

自分は、その頃何をしていたのかと考えれば、まだ小学校の低学年だ。黒木の映画すら知らなかった。

「つまりこの建物のなかは、平成初期にトリップした感じになっているんだ」

「そうだ、二十世紀後半くらいのことだ。まだマカオが中国に返還される前の時代のまま。置いてあった雑誌には、ボスニア紛争やチェチェンの問題のことが書かれている。まだロシアの大統領がエリツィンの頃だ」

「エリツィン？」

「知らないのか？」

春瀬は視線をずらした。

「俺は……学校、出てないから」

「え……」

「学校がどの部分を指すのかわかんないけど、一応、中学は卒業してて……高校は……地元で定時制ってやつに通ってたけど、途中で辞めたし」

「どうして？」

「それは……」

過去のことは言いたくない。楽しいことなどひとつもなかった過去。それを口にしてもつまらないだけだ。きっと矢倉もそうなのだろう。黒木監督の息子であることは、彼にとっては楽しいことでも幸せなことでもなかった。きっと。

「……学校はつまんなかったから辞めた。それだけだよ。あんたは大学出てんの？」

「一応、芸大《げいだい》の映像学科を出ている」

芸大——芸術大学のことか。そんなものがあること自体、知らなかった。いかにもエリートって感じがしていたが、自分とは本当に住む世界が違う男だと改めて実感した。

「あんたがどういうつもりで、俺にこんなことをするのかはわかんないけど、矢倉さん、黒木監督の息子で、自分も映画監督で……社会的にも地位がある人だろ。それなのに、どうして俺にこんなことを」

　春瀬は戸惑いがちに尋ねた。

「そんなに役者になるのは……イヤか？　映画は好きなんだろ？」

「いやもなにも……俺、まったくのド素人だし、映画、観るのは好きだけど、自分が出たいと思ったことはないし、好きな映画だって黒木監督の……」

　と言いかけ、春瀬は口を噤《つぐ》んだ。その続きは矢倉にはタブーだ。彼は黒木を嫌っている。怒らせたら、足枷を外してもらうチャンスを失ってしまう。

　そんな春瀬の気持ちを察したのか、矢倉が腕を組み、居丈高《いたけだか》に尋ねてくる。

「どうしてだまる。言葉を続けろよ」

「別に」

「正直に言えよ。何度も言ったじゃないか、黒木の作品が好きだと」

「一回言えばそれで十分だろ」

「何度言っても減るものじゃない。ムキになってだまっているほうがおかしい」

　苛立った声で問われ、春瀬は思わず突き放すように返した。

「あんたが嫌ってるからだろ！　矢倉さん、そんなに亡くなった父親が怖いの？」

「何だと」

「ほら、そうやって怒るじゃないか、黒木監督の話をしたら。矢倉さんを見ていると、自分に自信がないから父親にコンプレックスを抱いているように思えるよ」

思わず春瀬の口から出た言葉に、矢倉は組んでいた腕を解いた。

「どういう意味だ」

目を眇め、矢倉が肩に掴みかかってくる。肩を大きく前後に揺さぶられ、ムッとして思わず声を荒げてしまった。彼を怒らすまいと思っていたのに。

「地雷なんだろ、黒木監督と比べられるの。あんたは父親と比べられることを死ぬほど嫌っている」

「嫌ってなどいるか」

「じゃあ、嫌う以前の問題だ。恐れている」

「それをただの勘で言っているのか？　それともオヤジの作品が好きだから言うのか？」

「え……」

春瀬は押し黙った。

「言っておくが、俺は恐れてなどいない。知ってるか、審査員が何と言って俺を誉めているか。『ヒューマニズムあふれる作品を撮らせれば矢倉に勝る者はいない』だぜ。オヤジとは根本的に目指しているものが違うんだよ。オヤジと俺はまったくの別ものだ。勿論、嫌ってもいないし、地雷なんかじゃない。俺はあいつと別の人生を生きている」

「本当に？」

春瀬は瞬きもせず矢倉を見つめた。矢倉が眉間に皺を刻む。しばらく春瀬と視線を絡めたあと、矢倉は深々と肩で息をついた。そして開き直ったように言った。

「ああ、そうだよ……おまえの言うとおりだよ。恐れていないなんて嘘だ、俺は恐れている、オヤジと比べられるのを。薄々、気づきながら見て見ぬ振りをしてきた自分の作品の欠点くらい知ってる。映画祭の審査員や観客は気づかず、俺にマカオ国際映画祭で大賞を与えた」

矢倉の口調は乱暴だった。けれどその目は深く傷ついているようだった。

もしかすると、彼は春瀬にではなく、自分自身に対して怒っているのではないだろうか。

偉大な父親と比較されること、そのコンプレックス。

それは春瀬にはまったく理解できない感情ではあったが、黒木ほどの大物を父親に持ち、同じ道を進むということがどれだけ大変なことなのかは、少しくらいは想像がつく。

「矢倉さん、俺……ごめん……」

「もういい、なにも言うな。おまえになにがわかる」

冷ややかに、怒りを絞りだすような静けさが揺らぎ出ている。

「ろくに学校も出ず、自由気ままに外国の街でバイトしながら暮らして、綺麗な顔を利用して男娼やって、努力は嫌いだとほざく。そんな奴に俺のなにがわかる」

険《けわ》しさのにじんだ低い声で詰《なじ》られ、春瀬は眦《まなじり》を吊《つ》りあげた。

「……な……っ」

バカにするなと言って、その忌々しい顔を殴ってやりたかった。

けれど反論できなかった。ひどい侮辱、ひどく差別的な言葉を吐き捨てられているはずなのに、春瀬はどう返していいのか言葉が思いつかなかったのだ。

「ひとつの道を究める努力……おまえは一度でもやってみたことがあるのか?」

ひとつの道――――?　なにが言いたいのだ、この男は。意味がわからず眉をひそめたその時、ぐいと肩を押さえつけられた。

「ちょ……」

「おまえになにがわかる」

両手を摑まれ、そのまま背中からベッドに押し倒された。矢倉は怒りをあらわにし、荒々しく組み敷いてくる。

「ちょ、やめろ、離せって……」

のしかかってきた男に、勢いよくねじ伏せられる。足を広げられ、躰の間に入りこんできた。

強い力で押さえつけられ、春瀬は反射的にのがれようとした。

「うっ」

だが手錠と足枷がある以上、逃げだすことはできない。それどころか暴れれば、さっき落ちた時の打ち身が響き、あちこちがズキズキと痛んだ。

矢倉は近くにあったハサミの先端を春瀬のシャツの下に差し入れた。ひんやりとした感触に躰をこわばらせた時、ツーッと矢倉が布を裂いていく。はらりと姿を現す肌。非常灯の淡い光が春瀬の肌に淡い陰翳《いんえい》を刻んでいた。

「これからおまえが泣き叫んで、いてもたってもいられなくなるほど犯してやるよ」

怒り？　それとも執着？　矢倉がなにを考えているのかがわからない。

「矢……っ」

肩を押さえつける腕を払い、力の限りに抗《あらが》ったが、それは余計に矢倉の情欲に火をつけるだけだった。

「もっと抗ってみろ。抗えば抗うほど、おまえの目が生き生きとする。あの写真……おまえをモデルにして撮るのも面白いだろう。もっと動物的な艶《なま》めかしいエロスが撮れる。もっと煽って、もっと激しく嬲ってみたら、それが出てくるかもしれない」

低い声で告げられた言葉に、春瀬の躰がこわばる。さっきと同じように得体の知れないものへの恐怖に心臓が竦《すく》みあがった。

「ふざけんなっ！　この変態っ！」

精一杯の強さでその目を睨みつける。すると矢倉はまた満たされたように微笑した。

「ああ、俺は変態だよ。自分でもどうしておまえにこんな感情を抱くのかわからない。ただおまえを相手にしていると、どうしようもなく変な気持ちになるんだ」

「どうして……？」

「言っただろ、おまえに惚れたんだよ」

　低い声でさらりと告げられた言葉に、春瀬はごくりと息を呑んだ。心臓がいっそう強く呪縛され、鼓動が異様に荒々しく脈打つ。

「何で……そんな」

「俺だって知るか。惚れるってのは、そういうもんだろ。理由なんて、俺だってわからないよ。ただ自分のものにしてみたいって衝動がどうしようもないほど湧いてくんだよ」

　ダイレクトにぶつけられる感情。矢倉から揺らぎ出ている衝動の根底にあるもの。自分への異様な執着の正体は一体何なのか。なにがここまで彼の情念を衝き動かしているのか。

「わからない……まだ知りあって三日……なのに」

「だよな、俺もわからないよ、なんでか、おまえを見た時から、これまでの自分が裏返ってしまいそうなほど激しいものが湧いてきたんだよ」

　激しい情動と、謎めいた執着。それを真正面からぶつけるように、矢倉がのしかかってきた。激しい雷、雨と風に密閉された空間で。誰も入ってくることができず、ふたりともここから出ていくことができない、コンクリートに囲まれた密室で。

　自分のものにしたい。惚れた。矢倉の言葉が脳裏で激しく響いている。

勿論、春瀬がそれを受け入れることはない。好きだという理由でこんなふうにこちらの自由を拘束し、惚れたと言いながら犯してくる男を理解できるわけがない。

「ん……っ」

手錠でつながれ、衣服がはだけた春瀬の姿を、矢倉の視線はカメラのようにじっくりと確かめていく。

じりじりとその眼差しに皮膚がすみずみまで灼《や》かれていく。

開いた足の間の、一昨日の夜に彼がさんざん舐《な》めまわし、何度となく欲望を埋めこんだ後ろの孔《あな》までをも、その網膜に写し撮られてしまうような感覚。

羞恥《しゅうち》。と同時に、すでに男を咥える快感を知っているそのあたりの皮膚が、彼の視線で射貫かれる興奮に、ぴくぴくと震える。

「ん……っ……」

見られているだけで、春瀬の陰茎はゆっくりと形を変え始め、やがてぬるりとした生温かな露を足の間に滴らせてしまう。

ぽと……と内腿《うちもも》から双丘の割れ目を伝って、先走りの雫《しずく》がシーツに落ちていく。

じかに触れられてはいない。

ただ見つめられているだけなのに、春瀬の性器からはとろとろと熱い蜜《みつ》が滴り、まるで潤滑剤のように己の孔の付近を露浸しにしてしまっている。

「俺に見られるのは……そんなに快感か」

ふっと鼻で嗤われ、春瀬は舌打ちした。

「誰が……っ」

だが次の瞬間、電流のような痺れが全身を襲い、春瀬は息を呑んだ。足の間に入りこんできた矢倉がぎゅっと上から性器に体重をかけてきたからだ。

「ん……っ」

体重ごと押さえつけられる重圧感。彼のズボン越しに互いの性器が圧迫し合っていることに気づき、春瀬は手錠についた鎖をたぐり、届くのを確かめながら彼のファスナーを下げた。

ずるりとあらわになった矢倉の性器の先端に自分の性器を絡め、一緒に手のひらでぎゅっとにぎりしめる。

「春瀬……ん……そこは……っ」

矢倉が吐息を吐く。春瀬は嗤笑《ししょう》を漏らし、さらに互いの性器を強くにぎりしめた。

それぞれ形を変えながら、互いの亀頭が絡まりあっていく。

矢倉の体重を感じながら、彼のものに己のものを圧迫させる奇妙な心地よさ。妖《あや》しい痺れが背筋を駆けのぼっていく。

もっと強い刺激を求め、春瀬は矢倉の腰に腕をまわしてひきつけた。

「やめろ……そういうことは……」

「……っ……あんただって……すっかりその気じゃないか」

ずしっと加わる矢倉の体重。その重みに春瀬の性器はすぐに反応を示し、彼の性器を押しあげようとする。

ぐぅっと押しあげられた彼の性器がまた膨脹して春瀬の性器を押し潰す。

互いの先端からにじみ出た雫が互いの先端を濡らしあい、ふたりの下肢はどちらのものともいえない蜜でどろどろに濡れていた。

こういうのは好きだ。自分だけがされているのではなく、相手も欲情させているこういう感覚は。

対等なオス同士がどちらが先に快楽にひれ伏すか、格闘しているようで。

上目遣いで見あげると、矢倉は意地悪い冷笑を浮かべた。

「ますますそそられる。そういう負けん気の強いところが、おまえの最高にいいところだ」

満たされたような表情で呟くと、矢倉は春瀬の陰嚢《いんのう》を手のひらで強く握り潰そうとした。

「う……っ」

ぐにゅぐにゅと彼の手に揉みくちゃにされると、かっと腰の奥に甘いむず痒《がゆ》さが広がっていく。春瀬は思わず背をそらした。

その隙《すき》に、ぎゅっと感じやすい乳首を指先で揉み潰された。たちまち火が奔《はし》ったような快感が脳まで駆けのぼっていく。

「あ……あっ、あぁっ……そこは……矢……く……！」

一気に形勢は逆転し、矢倉が勢いよく攻めてくる。乳暈《にゅううん》を爪の先で弾《はじ》かれ、薄い皮膚を手のひらでまさぐられるうちに、春瀬の喉《のど》からたまらず甘い声が迸《ほとばし》る。

「ああっ、あっ、ああ！」

感じるものかと堪えているのに、快楽を知っている肉体はすぐに感じてしまう。矢倉の巧みな指の動きに、春瀬はたまらず腰を悶《もだ》えさせることしかできない。

「この野郎……っ」

それでもどんなに感じても、矢倉を睨みつける力だけは持っていたかった。それだけが『おまえを赦《ゆる》していない』という証明のように感じられて。

そんな春瀬に彼はその手で凌辱《りょうじょく》を加えながらも、映画館で映し出した時の映像を楽しむかのように皮膚や骨格を観察してくる。

「おまえの躰……スクリーンで脱がしがいがあるだろうな」

あごから首の線、首筋から鎖骨、胸肌をすっと彼の指がなぞっていく。眼差しだけではなく、その指もカメラのように躰の隅々を確かめられているような気がする。

「ん……」

そのせいだろうか、愛撫《あいぶ》を与えられ、たちまち皮膚が漣《さざなみ》立ってくる。しっとりと汗がにじみ、彼の手をそこに吸い寄せてしまうような気がしてならない。

「ん……あ……っ」

「艶めかしいな……ずいぶんいやらしい躰を持っている」

「……っ」

驚きに開かれた唇をふさがれ、強く唇を押しつけられる。

しかし春瀬は矢倉の唇を力任せに嚙《か》んだ。

「……っ！」

矢倉の唇から血が滴り、一筋の血が春瀬の首筋に落ちてきた。

じっと顔を見あげ、口元に微笑を浮かべると、矢倉はひどく冷たい目で睨み返してきた。

「熱い血……してる」

熱い、この男の血はひどく熱い。そう実感した時、彼の怒りをぶつけられていることへの恐怖がふいに躰から抜け落ちていった。

さっき、この男は変だ、おかしいと思って逃亡しようとした時のような得体のしれない思いとともに。

それよりも奇妙な感覚が湧いていた。もっと怒らせてみて、もっとこの理知的な男の本性を見てみたいという歪んだ欲求。どうせこのままなにもしなくても犯される、めちゃくちゃにされる。それなら、いっそのことそこまで暴いてみるのも面白い。

今さら一回や二回、余分にやられることに抵抗はない。ただ、自分だけがめちゃくちゃにされて晒《さら》されるのだけでなく、この男のなにか大切なものを剝きだしにしたいという思いが湧き、矢倉を挑発するのを止《や》められなかった。

「矢倉さん、あんた……俺の目ばかり誉めるけど……あんたのほうが……っ……ずっといい目をしている。その怒った目……最高だ……」

喘《あえ》ぎ混じりに、それでも彼にわかるようにはっきりと伝える。ニヤリと矢倉が苦笑いした。

「おまえもな。なにを言われても、なにをされても、しぶとく反発してくる。その目だけじゃなく、その底なしの根性。とことんねじ伏せたくなる」

春瀬の腰をひきつけ、矢倉はその体内を荒々しく穿《うが》ってきた。

「あうっ！」

苦痛に顔を歪め、春瀬は身をよじる。だが狭い内部とは裏腹に、すでに春瀬の粘膜はとろとろに溶けていた。

纏《まと》いつくように春瀬の内部はふるふると収斂《しゅうれん》し、矢倉の牡を奥へと吸いこんでいく。圧迫感と膨張感に背筋から脳まで一気に痺れていくような感覚が襲う。

「ああっ、あっ！」

声をあげると、欲望に濡れた眼差しで春瀬を見下ろし、矢倉が腰を進めてくる。

ぐぅっと突きあげられ、皮膚と皮膚がぶつかりあい、粘膜がこすれあう粘着質な音がスタジオのなかに響く。

「ああっ、すご……そこ……そう……いい……」

ギシギシとベッドの軋む音。矢倉が腰をぶつけてくるたび、非常灯の明かりがふたりのつながった影を壁に刻みこむ。いいや、壁だけでなく、床にも天井にも、ふたりのシルエットが四方で揺れている。

「う……っ」

「淫靡《いんび》な顔だ、もっといろんな顔を俺に見せろ」

腰を揺らしながら、矢倉が愛《いと》しげに囁《ささや》いてくる。春瀬は苦し紛れに息を吐きながら、その顔に手を伸ばした。

「あんたも……見せろ」

もっともっと矢倉のいろんな表情を見てみたい。

自分を好きだ、惚れている、誰にも渡したくない、それくらいならここにつないで自分のものにする——と言ってくる奇特な男の、変態じみた行為の奥にある衝動のすべてを。すべてを失う覚悟で、こんな暴挙に出たと言う。

生まれて初めてだったからだ。そんなふうな衝動を他人からむけられたのは。

「あんた……俺に……恋してんの？」

その肩に手をかけ、視線を絡めたまま、ぎゅっと爪を喰いこませる。かすかに顔を歪め、矢倉が目を細める。

「ああ……恋してるよ、どうしようもなく」

恋……。どうしようもなく。その時、ふっと母のことを思いだした。

『ごめんな、悠真《ゆうま》。お母ちゃんのこと、赦してな。お母ちゃんな、どうしても今度の人に捨てられたないねん。もういややねん、捨てられんの。それほどこの人のことが好きやねん、どうしようもあらへんほど』

鼓膜に絡みつくような大阪弁《おおさかべん》。母が彼氏にむけていた激しい恋情。

息子を娼婦《しょうふ》のように借金のカタに売っても、果ては息子を捨てて無理心中しても……それでも貫き通した母の想いと同じようなものを矢倉は自分にむけているのだろうか。そこまで人をおかしくするものが恋というものなのだろうか。

確かに……黒木の映画でも、春瀬の好きな映画の数々も、恋によって多くの人の人生が狂わされている。

「バカみたい……恋なんて……、あんた、バカじゃないのか」

思わず笑いながら吐きだした。

「バカでいい。俺のものになってくれ」

愛おしげに囁き、矢倉が腰を進めてくる。

「ふざ……けんな……あ…あっ……あっ」

矢倉は春瀬の足をさらに大きく開き、その深部を壊すほどの勢いで突き貫いてきた。

「ひっ、あああっ、ああ、あぁ！」

シーツに爪を立て、春瀬は身をよじる。

反抗したのに、奥のほうを突かれると、躰が甘い熱に翻弄《ほんろう》されていく。

こんなふうに我を忘れたような快感を覚えるセックスは初めてだった。

いや、正しくは二度目だ。これほどではなかったけれど、矢倉との一昨日の夜のセックスもこれと似ていた。

こちらを愛撫し、十分に感じさせ、最後には狂わせてしまうようなセックス。

ぐいぐいと腰を押し進められ、もう全身で逸楽を嚙みしめることしかできない。もっと欲しいとせがむような妖《あや》しい吐息を吐くことしかできない。

「あ……あぁっ……ん……あ……」

矢倉に感じている自分の甘い声が、悩ましく己の聴覚に絡みつくようだ。こんなにも感じて、こんなにも激しく乱れてどうしてしまったのだろう。

# SCENE5

どのくらい激しい情交をくり返したのか。何度も欲望を吐きだし、幾度となく体内に蜜液を吐きだされ……いつしか意識を手放したように深い眠りについていた。

気がつくと、そこには誰もいなかった。

ベッドに横たわったまま、うっすらと瞼を開く。天窓から漏れる外の光。台風が通り過ぎていったのか、天井からの光が降り注いでいる。

——一体、今……何時なんだろう。

スタジオに自分を閉じこめたまま、彼はどこに行ってしまったのか。

時間を確かめようと身じろいだが、手首に強い拘束感をおぼえ、思わず顔を歪める。

「……うっ！」

呻《うめ》き声が、広いスタジオのなか、異様なほど大きく反響する。

足枷をとってもらったので、ベッドでは自由に動けるものの、手錠についた鎖のせいでベッドのまわりくらいしか移動できない。拘束されている苛立ちに、春瀬は重いため息を吐いた。

そうか、恐ろしいほど感じすぎてそのまま果ててしまったけど、つながれている事実に変わりはない。

「畜生……あの野郎、中出ししやがって」

昨夜からずっとこの姿勢で過ごしているため、肩の付け根が痛む。肩にバスローブをはおっただけの格好をしている。肩と腕と、あとはかろうじて腿から股間《こかん》のあたりをシーツが覆っているという、しどけないざまをしていた。

一応、鎖をつけたままではあったが、何度目かの情交のあと、矢倉は春瀬を抱きあげ、バスタブで躰を綺麗に洗ってくれた。

バスタブに入る前、カーテンの内側に入って用を足した記憶もある。入浴したあと、躰がぽかぽかとしてそのまま寝こんでしまった気がするが、髪がまだ少し濡れていることから考えると、数時間も寝ていないように思う。

——矢倉はどこに行ったのだろう。この手錠を外してくれるかどうか。きちんとあいつと話をして……。

春瀬は床に落ちていた自分のズボンに手を伸ばした。こんな恥ずかしい格好でじっとしているわけにはいかない。

そう思ってズボンを穿《は》こうとしたその時、ポケットに入ったままになっている手のひらサイズの音楽プレーヤーに気づいた。

――これ……早河さんがくれたやつだ……。

スイッチを入れてみると、画像が出てきた。黒い画面に浮かびあがる日本映画のマーク。そのむこうから『幸福の空のなかへ』というタイトル文字がでてきた。

何だろう、この映画は……。

流れてくる美しい夕陽の画像。日本にこんなにも美しい場所があったのかと思うほど、心が洗われるような黄昏《たそがれ》の色彩だった。

――黒木監督の作品か？　いや、彼の撮った映像とは違う。

そう思った時、夕陽のむこうにタイトルとディレクターの名前が現れ、春瀬ははっと目を見開いた。

「Directed by Ryoji Yakura……。まさか……この映画は……」

夕陽の次に映るのは、廃材のひしめきあう薄暗い路地。

カラスの鳴く声にざわめく人の喧噪《けんそう》。どこからともなく響き渡ってくる『朝子《あさこ》、朝子……』という声。

路地の真ん中の水溜《みずた》まりに赤い太陽が映りこんで反射したかと思うと、赤々とした夕焼け空と、そこをのぞきこむ小さな少女の顔が映りこむ。

その次の瞬間、老婆の目がアップになり、白いナース服を着た女性が『朝子おばあちゃん、ご飯の時間ですよ』と言って病室に入ってくる。

矢倉の映画だ。彼はこんな映画を撮ったんだ。

そう思うと鼓動が高鳴り、春瀬は我を忘れたようにその映画に見入った。

何という美しい映像。朝靄《あさもや》の青紫色に包まれたオフィス街が映ったかと思うと、ビル街を赤々とした夕陽が染めあげ、巨大な鏡のように互いの姿をそれぞれの窓に映していく。そのなかを人々が懸命に生きているさま。

東京《とうきょう》の雑多な街並みが、生きた宝石のように耀《かがや》いて見えた。矢倉の目には、あの大都会がこんなふうな優しい色彩に見えているのだと思うと、ふいに日本に帰りたくなった。

初めて感じる郷愁に胸が詰まりそうになる。

めまぐるしく画面に現れる、美しくも優しい映像に夢中になったように、春瀬は着替えもせず、ただ息を詰めてじっとその映画を観た。

いつしか映画は終わっていたが、そのあとなにかする気になれず、しばらく呆然《ぼうぜん》としていると、カチャリと扉が開く音がした。

春瀬は反射的にプレーヤーをシーツの下に隠した。

「起きていたのか」

低い声が響き、矢倉が簡単な紅茶のセットを持って現れた。

無造作にはおった黒いオープンシャツ、細身のデニムにスニーカー。黒々とした双眸は彼の理知的な風情をたたえているが、シャープな顎のラインやくっきりとした鼻梁《びりょう》からは男らしい官能性を感じる。

猛々《たけだけ》しくも支配欲に満ちた目。何度もその目に犯されるような感覚を覚えていたが、昨夜の本気のレイプはその眼差しの本性を剥きだしにしたものだった。

彼は春瀬を一瞥《いちべつ》し、ベッドサイドのテーブルにティーカップを置いた。

甘やかなフレーバーティーの匂い。焼きたてのマフィンとフルーツヨーグルト。どれもひとり分ずつ。もしかして、それの用意をしていたんだろうか。

「これ、食えって?」

「ああ」

「いやだ」

春瀬は矢倉を睨みつけた。ここにきてから、春瀬は水以外なにも口に含んでいない。かなり限界に近かったが、なにか食べると、彼の行為に負けた気がしてイヤだった。

「強情なやつだ。食わなかったら死ぬぞ」

「じゃあ、この手錠を外してくれ。いいかげん躰がきついんだ。惚れているって言うなら、もっと大事にするもんじゃないのか」

春瀬はいさめるような口調で言った。

「俺から逃げようとした奴をどうして」

その双眸に兇猛《きょうもう》な光が閃き、背筋に戦慄《せんりつ》が奔る。

「逃げない。だからこれを…」

「おまえは一回逃げようとした。信頼できない」

彼は春瀬の膝に手を伸ばしてきた。膝頭を摑まれた途端、ぎしりとベッドが軋み、その反動でシーツの下に隠してあったプレーヤーがコトリと床に落ちた。

「あっ……」

オレンジ色の小さなプレーヤー。矢倉は眉間に深々と皺を刻み、プレーヤーに手を伸ばして中を見ようとした。

「これは……」

「……観たんだ、あんたの作品」

矢倉は動きを止め、プレーヤーをぎゅっとにぎりしめて、眉間の皺をますます深く刻んだ。

「ここに俺の作品が？　どうして？」

「早河さんがくれた。プレーヤーに、『幸福の空のなかへ』という映画が入ってた」

「それで？」

腕を組み、矢倉は尊大に尋ねた。春瀬はうつむき、ぼそりと呟いた。

「観て驚いた。あんたにも人間性があったことに」

矢倉は組んでいた腕を解いた。

「どういう意味だ」

「監督やめて、詐欺師か宗教家になれば？　ああ、占い師も合ってそう」

わざと嘲笑《あざわら》うように言った。綺麗な映画だった、感動した……と称えたい気持ちがあったが、つい矢倉のコンプレックスを逆撫《さかな》でしたくなり、春瀬は憎まれ口を叩いた。

空腹からくる飢餓感と、いつまでも手錠でつながれていることへの苛立ちから心がささくれだっていたのだ。

「何と言った？」

「……思いもしなかった……あんたがヒューマニスティックなものを創るなんてさ。あんたが観客に媚《こ》びているなんて」

「つまらない作品だったと言いたいのか」

矢倉にあごを摑まれ、顔をのぞかれる。

つまらなくはない。すごく感動的だった。あまりにも完璧《かんぺき》に、奇跡のように美しく創られていたので、最後まで息をするのも忘れたように観てしまった。

けれど美しいだけ……といえばそれだけだ。まさに最初にカジノで会った時の、穏やかで、理知的な矢倉そのものの映画だった。でも今、春瀬はそれだけではない矢倉の顔を知っている。もっと激しくて、もっと獰猛《どうもう》で、もっと意地悪で、もっと荒《すさ》んだ顔の数々を。

それが今の映画からはなにも感じられなくて、映画を観ていると妙な違和感を覚えた。

映画そのものはすごく素敵だと思ったけれど、どうして矢倉がそれの監督なのか……ということに疑問を感じたのだ。

「作品は……面白かった。だから偽善者だって言ってるんだ。あきらかに、あんたが創ったとは思えない映画だ。オヤジは正直過ぎる子供で、息子は偽善者……変わった親子だ」

挑発するように言うと、矢倉の双眸に怒りの色が閃く。

あごから手が離れ、一瞬、殴られるかと身をすくめたが、彼は傍らにあったマフィンを摑み、ぐぅっと春瀬の口に放りこんできた。

「な……うぐっ！」

「俺を分析する暇があれば、食え」

やわらかな生地をぐいぐいと押しこまれ、バターとレモンリキュールの混じった甘やかな味がふわっと口内に広がっていく。

「うぐ……う……っ」

駄目だ、一回、口のなかに入れられると、もったいなくて呑みこんでしまう。本当は吐き捨ててやりたい気分だが。

春瀬の後頭部を腕で抱きこみ、矢倉は乱暴な態度でマフィンを口のなかに放りこんだかと思うと、春瀬のあごを上にあげ、フルーツヨーグルトを流しこんでいった。

ひととおり食べたのを確認すると、矢倉は春瀬から離れた。

「ひ……ひど……。最低だ、偽善者と言われたからって、怒ってこんなことしなくても」

口の周りにべったりとついたヨーグルトを手の甲でぬぐい、春瀬はそれを舌でぺろりと舐めとった。

「減らず口の男だ。偽善者でなにが悪い。その映画でマカオ国際映画祭の監督賞を受賞したんだ。世間さまは、俺を高く評価してるんだぞ」

「なら……何で一番に俺に観せようとしなかった？」

早河がこっそりと渡したプレーヤーのなかにそれが入っていた意味は？　矢倉に知られるのを避けるように。

「自信がある映画なら、真っ先に俺に観せるだろ。それなのに、映画に出てくれって俺にオファーをかけながら、あんたはそれを観せてくれなかった」

春瀬が言うと、矢倉はさっと視線をずらした。

「こんなに感動的で、美しい映画なのに……。なのに、観せなかったというのは、あんたがそれを自分自身の映画だと心の底から思ってないからじゃないのか」

「何だと！」

声を荒げた矢倉に、春瀬ははっと目をみはった。

「媚びているだと？　畜生、わけがわからないと言われたほうがまだマシだ」

「矢倉さ……」

「おまえは……俺のオヤジによく似ている。本能的で野性的で、世間からのはみ出し者のくせに、その無垢《むく》さで他人を断罪する」

矢倉はなにが言いたいのか。ただひどく苦しげに見えた。その全身から冷え冷えとした空気がにじみ出ている気がして、また得体の知れない恐怖を感じる。

「このくっきりとした琥珀《こはく》色の猫のような目。俺に何の関心もない目。俺に撮られるより、黒木に撮られたいのか」

あごをくいと摑まれ、忌々しそうに見下ろされる。

「そんなこと、言ってないだろ。別に黒木監督に撮って欲しいなんて思わないし、そもそも役者に興味はないんだ。それよりどうか手錠を外してくれ。これでは不便過ぎる」

「イヤだ」

「矢倉さん」

「解放したらおまえは逃げるだろ。俺はおまえをここから出す気はない」

「な……そんな」

「おまえは俺が気にくわないかもしれないが、俺はおまえが気に入っている」

矢倉はそう言って春瀬の足を摑んだ。

「ちょ……なにを……っ！」

ぐいと足を大きくM字に広げられ、昨夜、何度も彼とつながっていた肉の入り口がその目に晒される。すーっと指先で触れられ、ぴくりと躰が跳ねた。

「おまえのここ、やわらかいままだ。すっかり赤く充血して。さんざん俺を咥えこんだせいで、ちょっと触っただけで、ぱくぱくさせて」

「や…っ……やめろ……」

指先で肉の環《わ》を開かれ、熟れたままの粘膜のなかに彼の指が挿《はい》ってくる。

「ひ……っ！」

内側をまさぐられ、昨夜、さんざん彼の性器に翻弄されたそこは、新たな刺激に再び熱を帯び始め、春瀬の性器も少しずつ形を変え始めていた。

しかし快感と同時に下肢から突きあがる尿意に、背筋が震撼《しんかん》する。

「う……」

いけない、このままだとやばいことになってしまう。

「おい、手錠を外してくれ。いや、ならせめて昨夜みたいに鎖を長くしてくれるだけでもいい。トイレにも……行きたくて」

しかし無情にも彼の冷たい声に拒絶される。

「勝手にすればいい。ベッドから降りることくらいはできるだろう。コンクリートの床なんて洗えば何とかなる」

「バカな……ここで？」

「そうだ、それならどうだ。あとでちゃんと連れていってやる。その代わり、これを後ろに挿れるというのは」

彼は棚から淡いピンク色の小さな何かを取りだした。先にコードのようなものがついている。

「それは……」

「大人のおもちゃだ。袋に入っていた。まだ未使用だ」

「おもちゃ？」

「おまえの理想を壊すようで申しわけないが、オヤジはとことん悪趣味な野郎でね、このスタジオには、オヤジの変態度を物語るようなグッズがたくさんある。まるで俺とおまえのために残しておいてくれたように思わないか？」

冷笑をうかべ、彼が肘で膝を固定してくる。ひんやりとした冷たい無機物が窄《すぼ》まりに触れ、腰のあたりにぞわりと寒気が奔った。

「ちょ……や……やめろ……何てことをするんだ」

「お仕置きだ。おまえには少し痛い思いをさせないと」

歪《いびつ》に形を変えた肉の環を細長い指でこじ開けられ、硬質なローターをねじこまれていく。生きた人間のものとは違う、冷たい物体が肉の狭間《はざま》に入りこんできた。

「うっ……っ……やめ……あぁっ」

足を閉じたいのだが、膝を肘で広げられてどうしようもない。

「あっ、ん……あぁっ！」

「動かすぞ」

カチリとスイッチを入れられた瞬間、内部のものが小さく動き始めた。

「あぁ……う、あぁ、くっ！」

春瀬は大きく身をよじった。小刻みな震動に鼓動が不安定に脈打ち、奇妙なほど後ろの粘膜が疼《うず》いてきた。

「俺は地下室に食料をとりに行ってくる。下のキッチンで、昼食の準備をしてくるから、それまでここで待ってろ」

「……！」

「ポルトガル料理を作ってやる。以前にリスボンにロケに行った時に覚えたんだ。バカラオのコロッケ、鴨《かも》の炊き込みご飯のオーブン焼き、それにマデイラ産の赤ワイン。できあがるまでに三十分から一時間くらいは必要だな」

「バカな……これを挿れたら…トイレに行ってもいいって言ったじゃ……」

「一時間くらい堪えろ」

にやりと笑うと、矢倉はなにを血迷ったのか、ベッドを囲むように黒木の映画のポスター数枚を剥がして床に並べた。

「何でそんなこと」

「さあな」

「こんなことして……犯罪だぞ……地位も……名声も……すべて失ってもいいのか」

「すべて失う……か」

彼は腕を組み、目を眇めて春瀬を睥睨《へいげい》した。

「こんな真似をしたこと、俺が告訴したら、あんた、おしまいだぞ。わかってるのか」

「それがどうした」

「え……」

目を見開いた春瀬に、矢倉は冷ややかに微笑する。

「初めて本気で惚れた相手を失ってしまうくらいなら、俺は喜んで地位のひとつやふたつ捨ててやるよ」

その言葉に、春瀬は硬直した。

「……っ……そんなの愛じゃない」

「それはおまえの理屈だ、俺は俺で命がけなんだよ」

頭上から漏れるうっすらとした日の光が彼の彫りの深い顔に淡い影を刻み、その眼差しの強さに背筋がぞくりとした。

「わからない……あんたが」

「それだけしゃべれれば上等だな。一時間、待ってろ」

彼は冷たくそう言うと、春瀬に背をむけた。

スタジオの鉄製の扉が重々しい音を立てて閉ざされた瞬間、後ろに挿れられた機械と下腹にもよおす感覚の狭間で気が狂いそうになった。

「くそ……あの変態野郎っ」

彼が出ていった扉に視線をむける。

「あいつ……絶対に許さない、ぶっ殺してやる」

ドクドクと心臓が音を立てて激しく鳴る。刻一刻ごとにいやな感覚が突きあがってきていた。内部に挿れられたものが妖しく蠢《うごめ》き、躰の中心は射精感とも尿意ともわからないもどかしい熱に苦しめられていた。

何とかその衝動をこらえようと、春瀬は唇を強く噛みしめ、懸命に下肢に手を伸ばして、せめて妖しいおもちゃだけはぬきとろうと躰の奥をさぐった。

「く……ん……っ」

ずるりと肉をまくりながら取りだす。腫れた粘膜がこすれる感触に甘美な疼きが生じそうで辛い。必死に甘苦しい体感をこらえ、春瀬はゆっくりと淫靡なおもちゃを抜きとっていった。矢倉は怒るだろうけど、こんなものをずっと挿れておくバカはいないだろう。

春瀬は、ポイとスタジオの奥にそれを投げた。さっきまで挿っていたものの空虚感と、トイレに行きたい衝動で腹のあたりが気持ち悪い。

――畜生……。あいつ、絶対に地獄に堕《お》ちるぞ。

内心でそんなふうに愚弄《ぐろう》しながらも、そう口にしたところで『それも本望だ』とあいつが言い出しそうで怖い。

ベッドをとりかこむように並べられた黒木映画のポスター。

そこに映った役者たちの眼差しがベッドにいる春瀬を凝視しているように感じる。

美しいポスターの数々。どれもこれも春瀬が幼い頃に、心から愛した作品のポスターだ。

――そんなところで……できるわけがない。

春瀬は躰の疼きを懸命に耐えた。

大丈夫、このくらい堪えられる。一時間くらい我慢してやる、自分ならできるはずだと己に言い聞かせる。

皮肉にも、矢倉が置いていった黒木映画のポスターが、春瀬の心と躰を平静にしていた。

黒木の映画は初恋のように大切な存在だ。

たとえ彼自身が変態趣味であろうと、そんなことはファンである春瀬には関係ない。

彼自身との思い出といえば、チケットをもらった時のことだけ。彼が何者でもかまわない。

所詮《しょせん》は遠い人だ。だが、その息子は違う。映画監督だと知る前に、個人的に知りあった相手だ。

黒木の息子だと知る前の。

そして息子は異様なほどの執着を春瀬に見せている。どうしてなのかわからないほど激しく、それこそなにもかも捨てるような勢いで。

『命がけなんだよ』

こちらを灼《や》き殺しかねない執着心。どうして彼はそんなに自分のことを。

疑問には思う。けれど同時に、心臓が異様なほど高鳴って、ドキドキした。

――矢倉さんは……命がけで……俺を？

何て執着だろう。自分にそんな価値があるのかわからない。

けれど人は、価値があるとかないとかで人を好きになるわけではない。

そして……相手がたとえろくでなしであったとしても、好きになってしまえば命すらかけてしまうことも。そのことだけは知っている。

母もそうだった。かわいそうな母の、とても惨めな最期。ずっと思いださないようにしてきた。けれど矢倉が自分を好きだと言うたび、あの時のことを思いだす。

母が亡くなったのは、映画の試写会で黒木監督に出会った、その年のことだった。

あのあと、黒木との出会いで、生きて行こうと決意した春瀬は、自分から死ぬことはやめた。辛かったが、母の『彼氏』の借金返済のため、ホテルで男性相手に働くことにした。一週間に一度か二度というペースだったと思う。

肉体的にはきつかったが、仕事の間、懸命に瞼を閉じて、これまでに自分の観てきた映画の感動シーンを思いだし、時間が過ぎるのを待つようにした。

それで母が『彼氏』に捨てられないのなら……と己に言い聞かせて。

心のどこかで期待していたのかもしれない。そうすることで、母の愛が自分にむけられることを。

息子の自分だけは母を捨てない。一生懸命、彼女のために尽くしていれば、母がいつか本当に彼女を大切に思っているのは誰なのか気づくのではないか、と。

けれどどんなに働いても彼女の目には、『彼氏』しか映っていないという残酷な事実を突きつけられるだけだった。

そんなある時、母の『彼氏』に新しい彼女ができた。

母からもらった金でキャバクラに通い、『彼氏』はそこで見つけた母よりも十五も若くて綺麗なキャバクラ嬢に夢中になってしまったのだ。それが母には堪えられなかった。

『もうあかんわ、若さだけは、どんなにがんばってもあかん。十五も若い女に夢中になってる人、どうやってつなぎとめたらええの？』

隣の家のおばさんに、そんなふうに言って泣いているのを見て、ああ、また母は捨てられるのだということを心のどこかで認識した。

それからしばらくして、金髪の、人形のように美しい女性と駅近くのラブホテルから出てくる『彼氏』を発見した母は、彼と彼女に刃物で切りかかり、自分はその場で首を切って絶命したのだった。

あの時、小さな地方都市の、夜半過ぎの駅の裏通りは騒然となっていた。

母の『彼氏』のための仕事を終え、とぼとぼとアパートに戻ろうとしていた春瀬の耳に、「きゃーっ」という女性の叫び声が聞こえた。

妙な胸騒ぎがして、近くまで行ったその時、手や足に擦り傷を作った若い女性が泣きながらその場にしゃがみこみ、そのむこうに血まみれになった母の『彼氏』と母の姿があった。

母の『彼氏』は肩や脇腹《わきばら》を刺されて重傷は負っていたものの、一命はとりとめた様子で救急車で運ばれていった。若い彼女はかすり傷程度だったらしい。だが母は絶命していた。

ああ、母さん、ついに無理心中してしまった……と認識した刹那《せつな》、寒々とした冷たい空気が胸腔《きょうこう》にどっと吹きこんできた。あまりにもバカらしくて涙も出てこなかった。母の遺体に何と声をかければいいのか、そこで自分がなにをすればいいのかもわからなかった。

『よかったな、これでもう誰にも捨てられないよ』と言って笑顔をむければいいのか、それとも『バカだな、ぼくはなにがあっても母さんを捨てなかったのに。どうしてぼくのことに気づかなかったの？』と問いかければいいのか。

結局、無言のまま、母を見送ったが、あれから七年……今もまだ母にどんな言葉をかけて見送ればよかったのか春瀬にはわからない。

母の『彼氏』は何とか一命をとりとめたが、その後、彼女とは別れたらしい。今、なにをしているのか知らないが、実にみっともない男だった。それなのに、母は本気でそんな男に惚れていた。たとえどんな相手でも、母は命がけでその男を愛していたのだ。

——それが俺には理解できない。だいたい愛や恋ってものに夢中になること自体、俺にはわかんない。

どんなに愛しても、肉親の愛ですら得られなかった。

自分がもう二度と人を愛することはないだろうし、母親にすら愛されなかった自分を、他の誰かが愛することがあるわけないと思って生きてきた。

けれど矢倉は春瀬のことを好きだと言う。

『俺は命がけなんだ』

その言葉を思いだしただけで鼓動が高鳴りそうになる。

いいのか？　命がけで俺のことなんて好きになっても。

あまりにバカ過ぎて、あいつのことが心配になる。こんなどうしようもない男娼……命がけで好きになってどうする。地位も名誉もある男が相手にするような人間ではない。ただのあばずれだ。学もなく、性格も悪く、心も躰も汚れているような。

——俺なんか好きになるな。好きにならなくていいから……解放してくれ。俺は愛なんていらないんだから。ずっと独りで生きていくつもりなのに……。

春瀬はベッドに横たわり、ぼんやりと天窓の上方を見あげた。

遮光カーテンが開いた状態になっていて、天窓のむこうに、淡いベビーブルーの空が広がっている。

ここに閉じこめられているうちに、台風が通り過ぎてしまったらしい。

台風のあとのマカオの空は、透き通るように美しいベビーブルーに染まる。

故郷の工場街も、ふだんは煙突からの煙で、空がどんよりとしているのに、雨上がりの朝だけは、夢のように青く澄んだ空を見ることができた。

こうして四角く切り取られたような空を見あげていると、マカオも故郷の工場街の空も変わらない気がしてくる。しばらくじっと空を眺めているうちに、少しずつ、本当は、このスタジオ以外の場所はすべて映画のなかの世界で、自分ひとりが見ている夢かもしれない……などと埒《らち》もない思念がよぎり、春瀬は鼻先で嗤った。

——どうしたのだろうか。こんなことを考えるなんて。俺らしくもない。

春瀬は半身を起こし、もう一度、ベッドのまわりのポスターや壁に貼られた写真の数々に視線をむけた。

映画のポスターも他の写真の数々も好きだが、このなかでとりわけ心惹《こころひ》かれるのは、壁に飾られた十数枚のエロティックなカラー写真だ。

熟れきった果実を頬張《ほおば》る美しい男。白い月下美人《げっかびじん》の花にしどけなく抱かれている男の裸像。

十字架のシルエットの下、光を浴びて戯れたように微睡《まどろ》んでいる姿は神に愛された美というのが最もあっている気がする。

——神……か。そういえば……矢倉の作品……美しすぎる家族愛があまりにも理想的過ぎて反吐《へど》が出そうになったが、端々で共感できることがあった。

神や仏の捉《とら》え方、人の命、死というものへの考え方。矢倉は人の生死に対し、何の情も抱いていない。これ以上ないほど、冷めた眼差しで捉えていたように思う。

ああ、この映画を撮った人間は、誰も信じていないし、誰も愛したことがない。なにも望んでいない。それがわかってその冷ややかな視点が心地よかった。

それなのに、出てくるセリフも人間たちの姿もすべてが美しくもヒューマニスティックなものになっていて、ものすごい違和感を覚えた。

こいつ、絶対に映画のなかで嘘をついている、見栄《みえ》を張っている。人前で自分を崩すことができない人間だと実感し、美しい家族愛の部分だけが奇妙なほど浮いて見えた。

——でも黒木の息子だとしたら……何となく理解できる。

矢倉はきっとものすごく孤独な人生を歩んできた。

破天荒な天才といわれた父親。その父と同じ道を歩む試練。きっと猛烈に孤独で、いろんなことに足掻《あが》き、葛藤《かっとう》してきたのだろう。

矢倉からも自分と同じ匂いがした理由。自分を犯すような彼の眼差しのなかに、そんな孤立した者の匂いを感じ、雨の夜の孤閨《こけい》の淋しさを埋めるように彼の誘いに乗った。

『初めて本気で惚れた相手を失ってしまうくらいなら、俺は喜んで地位のひとつやふたつ捨ててやるよ』

矢倉の声が耳の奥で反響する。

「バカバカしい、あんな卑劣な男、どうだっていいじゃないか。俺をこんなに苦しめてるのに、誰が同情なんて！」

己のなかに湧きそうになる、矢倉への情のようなもの。それを払うように春瀬はドンとベッドを叩いた。

その時、枕元《まくらもと》からずるりと何かが落下しそうになった。ずっしりとした一冊のファイル。

「く……」

落ちかけたそれを、かろうじて躰を動かして肘で受け止める。手錠につながれてはいるものの、手先を使うことはできる。春瀬はそのファイルを開いた。それはシナリオだった。何百頁《ページ》となった物語がそこに記されていた。

ぱらぱらとめくっていくと、矢倉宛《あて》の手書きの文字が見えた。


涼司へ。マカオ国際映画祭で監督賞を受賞したばかりのおまえに、このシナリオを渡すのは酷かもしれない。おまえの今までの作風と真逆のものをやれと言っているようなものだからな。下手をすれば、失敗し、笑いものになる可能性もある。だけどおまえもわかっているはずだ、そろそろ黒木を超えないといけないということは。今のまま、綺麗なだけの作品を撮り続けるのもいいかもしれない。だが、それではおまえの才能が活かされない。

これはおまえにしか撮れない映画だ。だからおまえに託す。原作の早河もおまえ以外に監督はいないと言っている。

主役は、どこか淋しそうな物憂げさを滲ませながら、それでいて獲物をじっと狙《ねら》っているような隙のない男。しなやかな色気と野生の獣のような男を探しだし、おまえの思うまま、これを撮ってみろ。三井義一《ぎいち》。


「これは……。じゃあ、役者になれって言うのは本気で俺をこれに？」

躰の疼きも尿意も忘れ、春瀬は憑《つ》かれたようにそのシナリオを追った。

タイトル、キャスティング未定。

原作・シナリオ――早河杏也。プロデューサー――三井義一。

まだ完成されていないシナリオだった。

しかしすべての場面、すべてのセリフを見ているだけで場面が目に浮かぶようだった。

義理の親子の情愛。返還前のマカオの組織と旅情。そしてポルトガルのリスボンと東京。

猫のような目をした主人公が泥にまみれながら這《は》い上がっていく。

義理の父の愛を求めて、彼が売買している麻薬に手を出して堕ちていくさま。義理の父親を裏切る親友。

義理の父親が逮捕され、その姿を愛憎の眼差しで見つめる彼。

彼は主人公の親友を破滅に追いこむ。彼に絡む旧ソビエトの女性スパイ。そして彼の家族は幼い時にテロに巻きこまれて惨殺された。

そのことを知っている日本からやってきた男。彼からその復讐《ふくしゅう》の相手が、義理の父親だったと聞かされた時、彼が選んだ道は……。

「そうか……これは」

心臓がドキドキと高鳴る。全身が熱くなっていく。

映像や場面を想像しただけで、血が騒ぎ、いてもたってもいられなくなりそうだった。ラストシーンでは、主人公はすべての嵐《あらし》を乗り越え、日本に帰国して、名前を変えて人生を始める。これまでの経験のすべてを記憶の彼方《かなた》に封印し、日本からやってきた男に導かれ、別の人生を。

——この男を矢倉さんは俺に演じさせようとしている？

その主人公——桂吾《けいご》という男。それが誰をモデルにしているのか、春瀬は悟った。

愛の形だけを追えば、一見、義理の父が黒木で、主役が早河のようにも見える。

たとえば、この三井という男が親友の立ち位置にいるように想像すれば、これは彼ら三人の愛憎の物語に見える。

だが違う。この主人公は、黒木拓生自身だ。それを父親に大きな劣等感を抱いている息子の

矢倉に撮らせようという企画。しかもこれまでの矢倉とはまったく違う作風の。

下手をすれば矢倉は、国際映画祭で監督賞をとった栄光を失うかもしれない。それなのに、あえて困難なものを撮らせようとしている。

「ハハハ」

春瀬は声をあげて笑った。その声がスタジオに大きく反響する。

誰が考えたのかわからないが、何て悪趣味で、何て面白い企画だろう。

——その上、この映画の主役に矢倉さんが俺を推薦している？

春瀬はクスクスと笑いながら、もう一度シナリオに目をやった。今度は貪《むさぼ》るように。物語を楽しむように。


矢倉が戻ってきたのは一時間後だった。

それまでに春瀬はもう二回ほど、結局、彼がいない間に、合計三回もシナリオを読んでしまった。

他に娯楽がないといえばそうなのだが、たとえテレビやゲームがあったとしても、春瀬はシナリオを読んだだろう。夢中になって読み耽《ふけ》った。

一回目はストーリーを追うだけ。二回目はセリフの意味について考えながら、描かれている物語を味わうようにして読んでみた。

三回目は、自分が主人公の桂吾になりきって読んでみた。そうして読んでみると、ひとつひとつのセリフに、自分の感情がリンクしてしまって大変だった。

桂吾が哀《かな》しい時は自分の眸《ひとみ》からも涙が出てきて、桂吾が怒っていると自分も無性に腹立たしくなり、桂吾が幸せだと自分も幸せな気持ちになる。

そしてそこに描かれている、義理の父親と息子の愛憎に触れているうちに、奇妙なほど狂おしい感情が胸に湧いてきた。

『俺は父さんを愛している』

最後のシーンのセリフだ。どしゃぶりの雨のなか、義理の父が亡くなる瞬間、彼の躰を抱き締め、桂吾は耳元で囁く。そしてその時の彼のモノローグ。

『憎んでいたのに……俺はどうして愛しているなんて言うんだろう』

このセリフの意味。憎んでいたのに、愛している。その言葉を口にしてみると、なぜか春瀬の胸は騒がしくなり、狂おしさでいてもたってもいられなくなるような衝動を感じた。

その昔、黒木の映画に感動して、どうしようもなく全身が騒がしくなった時のことをふと思いだした。

——何だろう、おかしい。情緒が不安定になっている。

きっとこんなところに閉じこめられているせいだ。

矢倉以外、誰もいない密室。しかも娯楽といえば、あの男とのセックス、それにこのシナリオだけ。こんな環境にいるからやばくなっている。

危機感を覚えながらも、シナリオを読むことがやめられず、四度目のプロローグを読み始めた時、矢倉が香ばしい匂いのするポルトガル料理を作って、スタジオに戻ってきた。

「よく我慢したな」

鎖の長さを調節してもらい、春瀬はようやくトイレに行くことができた。

「最悪だ。よくもこんな真似を……」

「とうに粗相をおかしていると思ったのに。あれは自分でとったのか？」

腕を組み、感心したように春瀬を見ながら、矢倉はスタジオの隅に転がっている小さな大人のおもちゃを親指で指し示した。

「律儀にそんなもん挿れる必要もないだろ」

ベッドに座り、斜めに見あげると、矢倉は苦笑した。

「強情な男だ。それより、食え。昼飯だ」

「昼飯って一時間前に、朝食を食べたところだ」

「でも食うんだ。おまえは、二日間なにも食べていない。ちょうどさっきので胃が動くのに慣れてきたところだ。そろそろちゃんとしたものを食っても大丈夫だろう」

矢倉は春瀬の髪をくしゃりと撫でる。見あげると、理知的な、あの穏やかな表情でほほえんでいた。さもこちらを愛しそうに、幸せそうな眼差しで見られると、変な気分になってくる。本当に矢倉は自分のことを好きらしい。

そう実感した時、脳内にあのセリフが響いた。

『憎んでいたのに、愛している』——という桂吾のセリフ。

あの時の桂吾を演じるとすれば、自分はどんな顔をするだろう。義理の父親の死を嘆いた顔をするのか、それとも優しい顔で彼を見送ろうとするのか……わからない。

母の最期にどんな言葉を送ればよかったのかがわからないように、桂吾の気持ちも、最後の最後のところがわからない。

「どうした、ぼんやりとして」

心配そうに矢倉が尋ねてくる。駄目だ、シナリオを読んでいることを気づかれたら、ますます映画に出ろ……とバカなことを口にしてくるに違いない。

「いや、あの、管理人は、いつくるんだ？　食料は足りてるのか？」

「食料は足りている。管理人には、今夜にでも車のキーをもってこさせるよ」

今夜……ではそれまでに手錠を外してもらわなければ。管理人が車のキーをもってきた時、この建物の門が開く。その時こそが、ここから逃げるチャンスだと思っていた。

「これ、ずいぶん手の凝った料理だけど……あんたの分は？」

「俺は調理中に適当に食べた。ここにあるのはおまえの分だ」

かりかりに揚げたタラのコロッケ。鴨のチャーハンをオーブンで焼いた料理。あまりの香ばしいにおいに空腹が激しく刺激される。

「食わないと餓死するぞ」

「その前に約束だ。鎖と手錠を外してくれ」

「駄目だ」

「俺はここでトイレにも行かずに、ずっと堪えてたんだぞ」

「だが、勝手におもちゃを外した」

「な……」

どのくらいこんなやりとりをくり返しているのか。餓死を心配するのなら、自由にすればいいのに。おいしそうな料理をわざわざ作ったり、風呂に入れてくれたり……かいがいしく世話をしてくれる矢倉。彼は自分をとても大切にしてくれている。つながれていること以外に何の問題もないほど。だからこそ手錠を外して欲しかった。

一体、この手錠の鍵はどこにしまっているのか。何とかできないのか——そう思った時、春瀬は妙案を思いついた。

矢倉は自分を役者にしたがっている。それができないようにすると威《おど》せば、鍵を出してくれるかもしれない……と。

「わかった、食うよ。ただし、手錠を外してくれ」

「駄目だ」

何度言っても駄目なようだ。それならこっちにも考えがある。

春瀬は肩で息を吐き、矢倉を睨み据えた。

――いいさ、そっちがその気なら、こっちも手段を選ばない。

春瀬は目の前にあったグラスを床に投げつけてたたき割った。はっとした矢倉の前でその破片をとり、自分の頰につきつける。

「鍵を出して手錠を外すんだ。出ないと、この顔をめちゃくちゃにする」

低くひずんだ声で言う。

「バカな」

「いっそ死ぬぜ。自由が得られないのなら、死んだほうがマシだ」

つっと首筋に刃を突き立てる。皮膚に痛みが走り、そこから血が流れるのがわかった。

「春瀬……」

矢倉は顔をこわばらせた。ひどく動揺しているのがわかった。

「さあ、鍵を！」

じっと凝視しているうちにこちらの本気を悟ったのか、肩で息をつき、矢倉はポケットからキーを出した。

次の瞬間、笑い声をあげたいのをこらえ、春瀬は神妙な顔つきで鍵をうけとった。

「く……よくも俺をだましたな」

矢倉が忌々しそうに自分を見ている。春瀬は冷ややかにその姿を見下ろした。

「矢倉さん、だまされるほうが悪いんだよ」

あのあと、彼の腹部を思い切り蹴りあげた。

そしてそのまま手首を捕まえ、外した手錠で彼を拘束してやった。これまで春瀬がされていたように、今はベッドに矢倉がつながれている。

「悪いな、少しそうやって反省しろ」

自分がつながれていた手錠で矢倉の手を拘束すると、トイレと浴槽まで届く五メートルほどの長さの鎖に手錠をつなぎ、春瀬は鍵をスペアごとトイレに流した。

これで矢倉がどんなに努力してもここから脱出することはできない。

少し同じ目にあわせて困らせてやろう。そう思っていた。

携帯電話は電波が弱くて、もともとつながりが悪いと言っていたが、つながっても困るので、さっきの鍵同様にバッテリーをぬきとってトイレに流す。

ついでに充電できないように、充電器の先をハサミでばっさり切り落としておく。同様に、部屋の電話機もコンセントの先を切っておいた。

あとは電気の配線。ブレーカーを落とす。これで高圧線に電流が流れることはないので、万が一の時も安心して壁から外に出ることができるのだが。

尤《もっと》も、春瀬の計画はもっと単純だった。管理人がやってきた時に、どのみち門が開く。その時にそこで矢倉の使いだと言って管理人から車のキーをうけとり、車で逃げるという方法だ。マカオの港から無事に香港に到着したあと、明朝に改めて管理人に連絡する。矢倉を助けにいって欲しいと。

一日くらいここにつながれていたところで、矢倉が死ぬことはないだろう。

屋根から落ちた時の捻挫がまだズキズキと痛み、歩くのは辛かったが、それでも無理すれば歩けなくはない。

「じゃあ、俺は行くから。明日の朝に助けを呼んでやる。ただし、その時は俺はもうマカオにはいないと思うけど」

「春瀬……」

「あんたが悪いんだぜ。でもいいじゃん、あんな映画撮ることねえよ。俺を桂吾の役に据えたって、うまくいかないだろうし」

「おまえ……シナリオを」

矢倉は目を見開いた。天窓から差す明かりを頼りにその顔をじっと見つめると、春瀬は艶やかな笑みを矢倉にむけた。

「サヨナラ、義父《とう》さん。俺は俺の道をいく。あんたは罪を背負って地獄にいけ」

あのシナリオにあったセリフだった。ほほえみながら冷然とした態度でそう言った時、矢倉の眼差しが変わった。

食い入るように春瀬を見据え、静かな、しかし逸《はや》った声で言う。

「もう一度、今のセリフを。もっと俺を殺したいほど残酷な思いで口にしてみろ」

「……矢倉さん……」

「言え、春瀬。そんなセリフまわしじゃ使いものにならない。俺はおまえを使って、オスカーを狙ってるんだ」

「オスカー？　バカじゃねえの」

そんなこと絶対に無理なのに、という言葉を口にしかけ、あのシナリオのなかに似たセリフがあったことを思いだす。

春瀬は腕を組み、じっと矢倉を見据えた。

主人公——桂吾は、育ての親をずっと愛しながら憎んでいた。そして家族の仇《かたき》だとわかった時、彼はそれまでの愛を捨てて、義理の父を罠《わな》にかけることにする。

「バカじゃねえのか、オヤジ。俺のなかにあるのは、あんたへの憎しみだけだ。時間を取り戻すことなんて絶対無理だ」

ぽつりとシナリオのなかのセリフを言った春瀬に、矢倉がかぶりを振る。

「駄目だ、そんな言い方じゃ。何の憎しみも愛も伝わってこない。そこは、桂吾は義理の父親を憎んでいるところだが、憎しみだけで済む感情じゃない。愛情を腹の底に澱《よど》ませ、憎しみを表に出して口にする言葉だ」

矢倉は己がつながれていることも忘れた様子だった。荒々しく手のひらでベッドを叩き、鋭い眼差しで春瀬を突き刺す。

「ばかばかしい、そんな感情、俺にわかるわけない。ちょっと茶番につきあったが、これであんたもわかっただろ、俺には才能はない、セリフひとつ、まともに言えない。そんな奴を主役にしてオスカーを狙うなんて、脳が腐ってる。ちっとは、そこで反省しろ。あ、金はもらってくから。じゃあな」

矢倉の財布の有り金すべてをポケットに突っこみ、春瀬はその場をあとにした。

しかしその逃亡を矢倉はあえて止めようとしなかった。

セリフの下手さに呆《あき》れて、もうあきらめたのか。スタジオを出て行く時、ちらりと振り返ると、矢倉は高慢そうな顔でほくそ笑んでいた。

# SCENE 6

「くそ、最悪だ、この家は一体どうなってるんだ！」

黒木《くろき》の趣味で創《つく》られたという館《やかた》は、春瀬《はるせ》がブレーカーを落としてしまったため、カードキーを使ってそこから出ることが不可能になってしまった。

しかしブレーカーを戻してしまうと、高圧電流が流れてしまう。

どうしたらいいのか。悩んでいる春瀬に、ベッドにごろんと転がった矢倉《やくら》が淡々とした口調で言う。

「安心しろ。あと十日すれば、早河《はやかわ》さんと三井《みつい》さんがここにくることになっている。それまで俺とふたりで籠城《ろうじょう》すればいい」

矢倉が落ち着いている理由がようやくわかった。

彼はここから春瀬が逃げられないことをちゃんと予測していたのだ。

「ふざけんな、十日もあんたとふたりだけなんて。管理人はどうしたんだ、管理人は」

「管理人なら、ここにくることはないぞ。俺がここにいる間はくるなと言ってある」

「え……だってさっき……今夜くるって」

「あれは嘘だ。電話をして、もってきてもらおうかどうしようか……くらいにしか思っていなかった。だがおまえが電話機も携帯も使えないようにしてしまったので、それも無理になってしまった。勿論《もちろん》、パソコンも、ここは旧式のダイヤル回線でしか使えないので、電話が使えないのならメールで外部と連絡するのも無理だ」

つまりここに完全に閉じこめられてしまったということなのか？　早河がくるとしても十日先。想像しただけでぞっとした。

「あんたと籠城なんてゴメンだ。俺はここから脱出する」

春瀬は屋根裏に通じる梯子《はしご》にむかった。だが、足首の捻挫《ねんざ》がズキズキと痛み、梯子をのぼることができなかった。

「くそっ」

梯子を拳《こぶし》でガツンと叩《たた》き、春瀬はベッドに横たわっている矢倉に視線をむけた。

「矢倉さん、あんた、黒木監督の他に家族は？　それに仕事相手。日本で心配する人間はいないのか？　十日も連絡がとれなかったら、心配する人間もいるだろう」

矢倉の傍らに近づき、腕を組んで彼を見下ろす。

「あいにく、ここに半月、滞在して、次回の映画のイメージを創るつもりでいた。だからその間は誰もこない」

「……食料は足りるのかよ」

「地下にある。あと十日分あるかどうかはわからないが……」

「だから諦《あきら》めて、十日もここであんたと過ごすのか？」

春瀬はがっくりとため息をつき、ベッドに腰を下ろした。

黒木の創った映画は好きだが、黒木の創った建物は好きになることはできない。悪趣味にもほどがある。

見あげると、天窓が小雨に濡《ぬ》れ、明かりのないスタジオは薄暗く、いつもより強い閉塞感をおぼえた。その時、後ろからクイと袖《そで》を引っぱられる。反射的にふりむくと、矢倉がなにか意味深な笑みを見せた。

「どうだ、春瀬、せっかくだ、俺と映画ごっこでもして遊んでみないか。早河がくるまでの十日間、俺が演技指導してやるぞ」

春瀬は舌打ちした。

「なにふざけたことを……こんな状況で、ごっこ遊びなんて、できるわけねーだろ。食料も足りないかもしれない、なにかあっても外部とも連絡がとれないってのに」

十日間、パソコンも電話も使えない。水道とガスと電気が使えるので、トイレと風呂《ふろ》と調理には困らないが。まるでホラー映画のようだ。

——いや、ホラーというより、R指定ＳＭロマンポルノといったところか。

春瀬は苦々しい気持ちのまま口の端を歪《ゆが》めて笑い、立ちあがって矢倉を見下ろした。

ついさっきまでの自分と同じ場所に、矢倉が鎖でつながれて横たわっている。

十日もここに閉じこめられているということは、その間、春瀬が食事を持ってこなければ、矢倉は水しか呑《の》めないまま、飢えていく一方だ。

自分は、今、矢倉の命をこの手に預かっているのだと思うと、少し愉快になってきた。

これはなかなかいいシチュエーションだ。

自分が拘束されていた時は、激しい苛立《いらだ》ちや不安、葛藤《かっとう》があったが、反対の立場になるとけっこう楽しいものだと思った。

ベッドに座ったまま、手錠につながれている理知的で美しい映画監督。最初見た時は、売り出し中のイケメン俳優かと思った。

反対に自分が監督だったら……などと妄想していると楽しくなってくる。

跪《ひざまず》かせて足を舐《な》めさせたいとか、裸に剝《む》いてもっとひどい道具でいたぶってやろうかとか、尿道に詰め物をして、射精できないようにしている前で、自慰をして見せるとか。

「映画ごっこか……悪くないな」

ボソリと言った春瀬の妄想は別のところを指していたが、矢倉は依頼を受けてくれると勘違いしたのか、金の交渉をしてきた。

「悪くないなら、仕事だと思って引き受けてくれ。ちゃんと金を払う。一体、どのくらい欲しいんだ?」

金……と言う言葉に心が甘く揺らいだ。

それと同時に、十日間もここから出られないのなら、矢倉と『ごっこ遊び』をしているほうが退屈しないで済むのではないかと思った。

いや、退屈というよりこのままでは息が詰まる。

——昨日、こいつに言われた言葉……一度も真剣になにかやったことがないって。

あの時、反論できない自分に、春瀬は苛立ちを感じた。

ふらふら彷徨《さまよ》って、何にも縛られていない人生というのは気楽でいい代わりに、なにも自分のなかに積みあげてきてなかったのだという気持ちになって、随分損をしたような気持ちになったのだ。

「最低、日本円にして、日給一万円は払ってくれるのか?」

試すように春瀬は問いかけた。半身を起こし、意外そうに矢倉が眉をあげる。

「たった一万円でいいのか?」

「もっとくれるのか?」

「三万、払ってやる。映画に出たら、稽古《けいこ》参加費用としてさらに手当をつけてやる」

その言葉に春瀬は一瞬押し黙る。そしてじっと矢倉を見たあと、ぼそりと呟《つぶや》いた。

「あんた……何でそんなに金あるの?」

「印税……あと、今回の映画を撮ったら、この館を李鈴仁《リ・リンレン》に売ろうと考えている。ここを黒木の記念館にしたいんだと」

「金に困らない人生か。うらやましい。俺なんて、映画一本観るのにも苦労したのに。あ、じゃあ、そんなに金があるなら、一日五万円でどうだ？」

「セックスのオプション付きで？」

矢倉の言葉に、春瀬は露骨に顔を歪めた。

「どっちでもいいけど。あんたの好きにすればいい。映画ごっこがしたければ映画ごっこ。セックスがしたければセックス。映画ごっこがしたいなら、シナリオどおりに、ここで。さっき言っていたやつ、真剣にやってみるのも面白いかもな」

春瀬の言葉に、矢倉は信じられないものを見るように目を見開いた。

「どういう気持ちの変化だ」

「一回くらい、真剣になにかをやってみたくなっただけだ」

「本当か？」

さっきのシナリオ。あまりに面白くて、無我夢中になって読んだ。あのドラマティックな世界を、ここで矢倉とふたりで創りあげていく。

そのことに春瀬は純粋な興味を抱いていた。

「ああ。俺は……桂吾《けいご》をやってみたいんだ。彼になってみたい」

矢倉は、春瀬に『桂吾』という役を演じさせたがっている。

桂吾――自分とはまったく別の人間。家族から愛されて育ちながらも、残酷に喪《うしな》ってしまった男。自尊心が高く、孤独に耐えることができて、自分の運命を切り拓《ひら》く力のあるたくましい青年。自分と違う人間になってみたら、世界はどんなふうに見えるのだろう。

今の自分みたいな、どうしようもない人間ではなく。何にも誇れるもののない、汚れた人生以外の人生……。

「本気で彼になるか?」

真摯《しんし》な眼差し。ああ、また目で犯そうとしている。春瀬は恍惚《こうこつ》とした。

「俺に……演技を教えてくれるか?」

「勿論だ。その代わり死ぬ気でついてこいよ」

「ああ、ただしセックスのオプションはなしで」

皮肉混じりに笑いながら言うと、矢倉は立ちあがった。

「よし、では契約成立だ」


「春瀬、この映画の舞台はマカオだ。重度の記憶喪失になった桂吾が雨のなかを歩いている。過去のことはすべて忘れているが、躰《からだ》のなかに復讐《ふくしゅう》や哀《かな》しみを抱えている。そこはもっと空っぽな感じで。ふだんどおり、街を歩いていた時のようにすればそれでいい」

「ふだんどおり歩けって言われても……俺、捻挫してんだけど」

ポケットに手をつっこみ、春瀬はぶっきらぼうに言った。

「我慢しろ。役者は高熱があっても、カメラをむけられると元気になるものだ。おまえも桂吾になりきれば、足の痛みくらい忘れるだろう」

「そんな無茶な……」

「いいから早く歩け。桂吾は記憶喪失だから、家族を失った哀しみも復讐心も忘れて、空っぽなままマカオを歩いているんだ」

矢倉の低い声がスタジオのなかに反響する。

「はい、はい」

肩で息を吐き、春瀬はふらふらとマカオの街を歩く自分をイメージして歩いてみた。

物語に出てくるのは、記憶のない桂吾。まだ十七歳という設定だ。

テロで両親と妹を殺され、自身も瀕死《ひんし》の目にあいながら助かった身の上。

だが忽然《こつぜん》と記憶を失っている。

自分に残されていたキーワード——マカオという言葉だけを頼りに現れたが、極彩色の雨の街のなか、桂吾は野良猫のように街を歩いている。

とりあえず、いつもどおりに数歩歩いた春瀬を見て、矢倉は満足したように微笑する。

「初めてにしてはなかなかいい。そう、おまえは素のままで桂吾ができる。この時の桂吾は、自分の身に何が起きたかわかっていない。まったく空っぽの状態だ。すべてを失ったということだけを漠然と躰で感じているイメージだが、春瀬、おまえはそのままでそれができるはずだ。次は立ち止まり、手をかざして雨の降る上空に顔をむけろ」

「あ、ああ」

矢倉は恐ろしいことを言っていると思った。そのままでいい。そのままの自分。家族を殺され、記憶もなく、ゆく当てのない十七歳の少年と春瀬が同じだと。

——そうだな、確かに俺は空っぽだ。なにも築いてこなかったし、なにかを一生懸命やったこともなかった。

矢倉は春瀬と出会った瞬間に惚《ほ》れたと言っていたけど、一瞬で春瀬のそうした本質を見抜いていたのだろうか。

その後、矢倉とともに最初のシーンから順番にシナリオを追っていった。

雨のなか、歩いているところ。大雨に濡れる通り。カジノホテルのにぎやかさに圧倒されたように一歩も進めなくなった自分の姿が見える。

吹き渡る風の唸《うな》りが耳を支配していた。それは記憶を司《つかさど》っていた細胞が壊れていく音のようにも聞こえる。

そんな感覚でスタジオを歩いた春瀬に、矢倉はあっさりとＯＫを出した。

「よし。それでいい。やっぱり思ったとおりだ。じゃあ次は、彼と義父との出会いのシーンだ」

違う人間になることがだんだん楽しくなってくる。

矢倉に導かれ、違う人間を演じているうちに血が熱くなり、魂まで満たされていくような気がしてきた。

矢倉はわかっているのだろうか。これは黒木の過去の物語だというのを。

わかっていないはずはないと思うが、こうしてシナリオを手に、場面ごとのイメージを語っていく彼の姿からは、以前に感じた父親へのコンプレックスのようなものはない。

「次のシーンは、中国《ちゅうごく》大陸が見える丘だ。おまえが案内してくれたあの場所で、十三頁《ページ》目の一番最初のセリフを言ってみろ。表情はこんな感じで」

彼はベッドサイドの自身の鞄《かばん》からファイルを取りだし、一枚の写真を春瀬に見せた。

いつのまにプリントアウトしていたのか、そこには、この間、マカオを案内した時の春瀬の顔が写っていた。

桂吾だ、そう思った。確かにそこに写っているのは自分だった。

だが、矢倉の目を通して切り取られた表情の断片は、春瀬でありながら、桂吾のものにも見えてくるから不思議だ。誰にも媚《こ》びず、すべてを忘れ、空虚になっている男の表情。

「これ、かっこいいじゃん、俺じゃねーみたい」

鼓動が高鳴る。他人になるというのは何て楽しいんだろう。セックスの時に感じている恍惚感とはまた別の、それでいて同じように血が熱くなるような興奮を感じた。

「じゃあ、次、行くぞ。そこで手にしていた香港《ホンコン》ドルを中国大陸にむかってばらまく。両手を広げ、大陸の空気を吸いこむように……やってみろ」

「……この時の桂吾の気持ちは？」

「わからないのか？　自分の頭で考えてみろ」

自分の頭で？

春瀬はすっと瞼《まぶた》を閉じて、想像してみた。

ここは記憶喪失だった桂吾が義理の父親に拾われ、彼が中国大陸からマカオにやってきた亡命者だということを知ったあとのシーンだ。

義父が辿《たど》ってきた人生を葬り去るかのように、中国大陸にむかって、マカオの裏社会でのしあがってきた自身が稼いだ金をばらまく。

「俺は……ここは義父の過去への決別のシーンだと思う。義父の過去を断ち切ることで、桂吾は、空っぽの自分と同じ立ち位置に義理の父親がいることを確認している。多分、桂吾のなかに義理の父親への仄《ほの》かな情愛が生まれたシーンだと思う」

「それがおまえの解釈か？」

「間違ってる？」

矢倉はかぶりを振った。

「いや、そう思うなら、そう思って演じてみろ」

それでいいのかどうなのかわからないが、矢倉の表情からは『それが間違っている』という意味は感じられない。

春瀬はシナリオを読み返したあと、部屋の中央に立った。

それからどのくらい続けていただろう。

夜になっても雨はまだ止《や》まない。窓ガラスが濡れ、スタジオにいる自分たちをさらに閉じこめていくかのように、あたりは暗くなっていく。

少し肌寒かった。けれど演技をすることに血が熱くなっているせいか、皮膚は寒さを感じているのに、躰は熱を感じていた。

「じゃあ、次のシーン。前半の最大の見せ場。麻薬を打って、恍惚となるところ。場面は地下の穴蔵のような場所。真っ裸でコンクリートの床に横たわって、陶酔するシーンだ。前半部分、義父のために桂吾が最低の地獄まで堕《お》ちていくシーンだ。ヤクの経験は？」

「まさか……ヤクなんてやったことない。やっている奴は見たことあるけど」

「簡単だ。ここはエクスタシーを感じた表情が欲しいだけだ。イク時のような、おまえの表情をアップで撮りたい」

「イク時って?」

「一回、そこで抜いてみろ、俺が指示するとおりに」

「抜けって……」

突然の要求に、春瀬はぎょっと目を見開いた。

「めちゃくちゃ淫靡《いんび》に抜いてみろ。恥もなにもかもかなぐり捨てて。ヤクでエクスタシーを感じているシーンだ。セックスで言うなら、オスの本能のまま吐きだす顔だけでいい。愛もなにもいらない。ただ恍惚となれば」

「無理だ、そんなの」

「この場面のように服を全部脱いで、コンクリートの床に転がってみろ」

「ちょ……」

「早く脱げ。仕事だ」

春瀬はとまどいがちに、ちらりと壁に貼《は》られた早河のポスターに視線を向けた。

全裸で淫《みだ》らな姿を何枚も撮られている写真。

裸体を革のロープで拘束され、フェラをする時のような法悦に満ちた顔で、じゅくじゅくに熟れた桃を持った手にむかって舌先を出している写真もある。

プロの役者というのは、カメラの前でああいうこともできなければいけないのか。

「ああいうふうに……撮るの？」

「さあな。おまえ次第だ」

「……わかったよ」

春瀬はシャツを脱ぎ、ズボンのベルトに手をかけてジッパーを下ろした。

そのまま下着もとる。矢倉に言われ、ブレーカーを戻して明かりを調節すると、四方から照らされた眩《まぶ》しいほどのライトが春瀬のシルエットを床や壁や天井に刻みこんだ。

「綺麗《きれい》ないい躰をしている……官能的で、男も女もそそるようなラインだ」

彼の視線が自分の全身に注がれ、ちりちりと皮膚が焦げるような気がして全身の皮膚という皮膚がざわめいた。

「さあ、横たわってみろ」

言われるまま、コンクリートの床に横たわる。ひんやりとしたコンクリートの床。天井が思っていたよりも高く見えた。

「待て、全裸よりはシャツを着ていたほうがいい。上だけ、この白いシャツをはおって、もう一度横たわってみろ」

ポンとシャツを投げられ、要求されるままそれをはおって春瀬は横たわった。

「膝《ひざ》を立てて、自分の乳首を弄《いじ》りながら、達《い》け」

「え……」

「このシーン、ヤクで恍惚とするだけでなく、桂吾に自慰でさらにエクスタシーを感じさせたい。最低のところまで堕ちたことを証明したい」

「……最低のところ」

「義理の父への愛、その同性愛的な感覚が欲しい。おまえ、男に恋したことは？」

「あるわけないだろ、俺は……誰も好きになんて」

「なら、黒木でいい。初恋のようなものだと言ってたな。黒木の映画を思いだし、それを自分のなかで恋というイメージに転化させてみろ」

黒木を想像してどうやって達けというのか。無理だ。一度しか会ったことがないのに。

「さあ、早く達け。俺は空気だと思って、自分で自分をかわいがってみろ」

有無を言わさない言葉で命令され、春瀬は天窓を濡らす雨を見ながら自分の胸と股間《こかん》に手を伸ばしてみた。

もともと大して羞恥心《しゅうち》はない。映画ごっこにオナニープレイが入っているとは思いもしなかったが、別にそれを見られたからといってどうってことはないと思った。

「今、おまえは躰のなかにヤクを入れた。じわじわと血管のなかにそれが巡っていく。そのヤクは、義理の父親がのしあがるために商売道具として売ってきたものだ。それが躰に浸透するにつれ、義父がおまえのなかに存在しているような錯覚を感じる」

躰のなかに入ってくるのはヤクではない。矢倉の声。彼が躰のなかに入りこんでいくように感じたその時、じわっと躰が熱くなった。そしてふっとこのまま達けそうだと思った。

矢倉の視線、矢倉の声に嬲《なぶ》られるのなら……多分……できる。

「言って……矢倉さん……俺のすること」

床に横たわったまま、少し離れた場所に佇《たたず》む矢倉をじっと見あげる。

矢倉は深く息をつくと、腕を組んで一歩前に進み、いつになく獣じみた眼差しで睥睨《へいげい》するように春瀬を見下ろした。その暗い影が自分にかかり、彼がこれから自分を犯そうとしているような錯覚を抱く。それだけでまた血が騒いだ。

「足を開いて、そこに手を伸ばしてみろ。それから、そのいやらしく膨らんだ乳首にも触れてみろ。桜桃《さくらんぼ》の実か、葡萄《ぶどう》のような感触だろ」

「ん……っ」

目を瞑《つむ》っていても矢倉からは鋭い視線を感じる。皮膚の毛穴のすみずみ。その奥に潜む血管や骨、さらに目には見えない形で存在する魂までその眼差しに犯され、映像のなかにとりこまれてしまいそうな気がしてくる。

自分の指先でこりこりとした小さな粒を押し潰す。まるで矢倉にそうされているかのような錯覚のまま。

「……ん……っ」

「親指と人差し指で摘んで、ぎゅっと力をこめて揉《も》み潰してみたあと、足の間に手を伸ばして自分のペニスに触れてみろ」

導かれるままにしているだけで、皮膚の下に甘い痺《しび》れが走る。浅く息を吸いこみ、春瀬はもう一方の手を自分の足の間に伸ばした。

そこはもう、甘く潤んでいた。ぬるりと……指を濡らす粘りけのある蜜《みつ》……。

「ん……っ」

「おまえの指先、どうなった?」

「……どうなったって」

「言え、どうなっている」

「……俺ので……濡れてる」

「そうだ、ライトを浴びておまえのそこはぬらぬらと濡れている。まっ白な腿《もも》がいやらしく上気し、恥ずかしい雫《しずく》でぐしょぐしょだ」

「言うな……」

言葉で嬲られると、なぜかどっとそこからにじみ出す露の量が増えたように感じる。指先はますます粘りけのある蜜に濡れ、吐息まで濡れたようになっていた。

「あ……あ……っ」

快楽を求めて乳首が硬くなり、下肢を濡らした雫が腿の内側を濡らしていく。

天窓を流れていく雨の筋。自分の痴態を映像としてじっとその眼差しで映し撮っている矢倉の吐息と、徐々に荒くなっていく己の吐息。

静謐《せいひつ》なコンクリート造りのスタジオにふたりの吐息を凌駕《りょうが》するように、少しずつ下肢の悩ましい音が響き始める。

やがて淫靡な湿った音だけがスタジオの空気を支配していく。

「……っ……ん…」

先端からにじみでた雫を指に搦《から》め、淫らな音を立てて指の腹で自身の快感を暴き出す行為。

矢倉はその姿を見て、なにも感じないのだろうか。

できたら同じように欲情して欲しい。発情して欲しい。

だが監督の目線でいる時の彼はひどく冷静だ。それなのにその視線を浴びていると、どうしようもないほど躰が熱くなっていく。先端の窪《くぼ》みから滴る蜜に、春瀬の皮膚はどうしようもないほど濡れてしまっていた。

「ああっ、あ……あぁっ」

矢倉の目に犯されている。矢倉の眼差しが獰猛《どうもう》に自分を凌 辱《りょうじょく》している。下肢は昂《たか》ぶり、肌は汗ばみ、内腿はふるふると痙攣《けいれん》していた。

「もっと噎《むせ》び泣け。さあ」

けれどどこまでも彼の声は冷静だ。それなのにその声が鼓膜に絡みつき、そこから自分を犯しているように感じる。

「ああっ、ああ」

もし彼が本当に撮りたいと思っているのなら、自分が最高の表情をしているからだ。そう思うとさらに躰が熱くなっていく。

彼の双眸《そうぼう》が捉えているのは、現実の自分ではない。桂吾と重ね合わさった自分。そして彼は監督としてだけでなく、義理の父と同じ眼差しで自分を見ている。

彼の視線は鋭利な刃のように鋭い。視覚で音と動きを捉え、形にしていこうとしている。

「そうだ、いい表情だ。その表情を忘れるな」

忘れるな……そう言われてもわからない。

いっそこの瞬間を撮って欲しい。『ごっこ遊び』ではなく、この瞬間の、この感じている自分の顔をその手でフィルムに映しこんで欲しい。

刃物のような彼の目に内部まであますところなく切り裂かれそうな気配を感じて、すみずみまで犯されているような恍惚。歪《いびつ》な喜びが胸に芽生えていた。

雨が止み、月光が天窓から差しこんできた時、ようやく矢倉は映画ごっこをやめた。

「もういいだろう、そのへんで」

そう言われるまで、春瀬は自分が春瀬悠真《ゆうま》であることを忘れていた。放心したようになって座っている春瀬に、矢倉は感心したように言った。

「やっぱりだ。おまえは実にいい素材だ。空っぽで、まっ白な分、おまえにははかりしれないキャパがある。いろんなものを素直に吸収できるのも才能のひとつだ」

言葉の意味はよくわからない。けれど矢倉の映画を創るという姿勢に心惹《こころひ》かれていた。

黒木への劣等感はすでになく、ものを創るという本質的なことに魂を注ぎこんでいる、そんな印象をうけて。

春瀬のなかに眠っているなにか別の魂を探り出し、暴き、愛しながら命を吹きこもうとしているような気がするのだ。そんな彼の真摯さを見ていると、己のこれまでの人生がどうしようもなくイヤになってくる。なにも創ってこなかった、なにも成し遂げていない、なにも得ていない、それがわかって淋《さび》しくなってくる。

そんな自分に矢倉のような人間が興味を持ってくれた。

――やばいな……こんなこと、考えるようになったら……真剣にやばい。

せいぜい性行為の相手としか自分の存在価値を見いだしたことのなかった者が、それ以外の別のことで必要とされているような錯覚。

物語のなかにいる義理の父が矢倉で、桂吾が自分のような錯覚をおぼえ、桂吾の気持ちと自分の気持ちがリンクしてしまって混乱している。

同じように雨のマカオで出会った。

同じように空っぽの内側に、矢倉は情やぬくもりを詰めこんでいく。

そのせいか、セリフのひとつひとつに既視感を覚えてしまう。これは自分の心のなかの思いなのか、桂吾の思いなのか、境界線がわからなくなってしまうほど。

不思議な感覚だが、彼とともに映画のなかに入りこみ、自分が桂吾になればなるほど少しずつ魂が綺麗に浄化されていくような感覚をおぼえる。

彼の眼差しが余計なものをすべて排除し、空っぽだった春瀬の躰のなかに『桂吾』の魂をどんどん埋めこんでいく気がした。だからどんどん自分が綺麗になっていく。そして少しずつ別の人間になっていく。

気がつけば、天窓の上にはすべての汚れを洗い流したかのような月がのぼっている。

明日の朝、きっとすべてが綺麗に乾いているだろう。その時なら屋根にのぼってここから逃げ出せるかもしれない。そんなふうに思いながらも、もう逃げ出すことはどうでもいいと思うようになっていた。

そのあと、矢倉は疲れ果てたように眠っていた。

ものづくりをする彼の真摯さ。最初はどうしようもない変態監督だと思ったが、一緒にいるうちにひどく心惹かれるようになっていた。

気がつけばこの二日ほど、寝食を忘れてふたりでのめりこんだように物語を創っていた。

地下室に食料をとりに行った春瀬は、そこで冷凍庫に入っていたパンをとってオーブンであたためて解凍し、野菜スープを作ってスタジオに戻った。

早河たちがくるまで、あと八日。

その間にどのくらいの食料がいるのかわからないが、あきらかにあそこにある量では足りないだろう。

それがわかっているのか、矢倉は食事を作ってもっていっても、あまり食べようとしない。極力少なめに口にして、あとは春瀬に食べろと言う。

その時、気づいた。矢倉がここにきてから、少し痩《や》せたことに。

何となくではあるが、最初から食料は足りていなかったのかもしれない。車のキーがなくなることなど予測せず、彼がここにきたのだとすれば……。

そういえば春瀬がつながれていた最初の数日間。彼が食事をしている姿を見たことはない。彼はいつも春瀬の分だけの食事をもってスタジオに現れた。

――何で……そこまで。

春瀬はその寝顔をじっと見ていた。

「……どうした？」

視線に気づき、ベッドに横たわったまま、矢倉が眼差しをあげる。スタジオのなかは月の光の淡い青色に染まっていた。

「老体に徹夜での映画ごっこはこたえたみたいだな」

ねぎらいのひと言を口にするのが気恥ずかしく、春瀬の唇からは皮肉が出てきた。

「もう三十一だからな。二十歳過ぎのおまえには負けるよ」

「あんた、落ち着いてるから、見た目だけはおっさんに見えるよ。桂吾の義理の父親くらい」

矢倉がおかしそうに笑う。

「おまえ、本当に口が悪いな。この映画だけじゃなく、おまえが大阪弁《おおさか》でめちゃくちゃなことを言ってる姿も撮ったら面白いだろうな」

半身を起こし、矢倉は春瀬の髪をくしゃくしゃと撫《な》でた。

「大阪弁?」

春瀬は眉をひそめた。矢倉が動きを止める。

「どうして大阪弁て」

「大阪出身なんだろ。言葉遣いから、関東《かんとう》出身だと思っていたが」

「母さんが大阪出身だから俺の本籍は大阪だけど、でも生まれも育ちも関東だ。……て、何でそんなこと知ってんの。日本の誰かに俺の身上調査でも頼んだのか?」

春瀬の問いかけに、矢倉は視線をずらした。

「ああ。どういう経歴の持ち主か知りたかったからな。ここにきた二日目くらいにＦＡＸで。書類が机の上にあるだろう。気を悪くしないでくれ」

探偵事務所かなにかに頼んだのだろう。書かれていることは想像がつくので、あえてその書類を見ようとは思わなかった。

「だから、俺をバカにしたのか」

ベッドに座り、春瀬はぼそりと言った。

「バカに？」

「学歴もなくて、ろくに勉強したこともなくて、ふらふらしている男娼《だんしょう》、ひとつの道をきわめようと努力したこともないって、言ったじゃないか」

「気を悪くしたのか」

一瞬、春瀬は押し黙った。

「別に、いいよ、本当のことだ。どうせ、俺はふしだらな男娼だし。それに……少々のことじゃこたえないんだ、俺。頑丈にできてて。なにせ母親の彼氏に犯されたのが初めての経験だし。借金のカタに輪姦《りんかん》されたことだってあるんだ、おかげでたくましくなったよ」

明るく笑いながら言うと、矢倉はひどく困惑した顔をした。

「その過去……やはり本当のことなのか？」

刹那《せつな》の沈黙。春瀬はじっと矢倉を見た。しばらくして春瀬は破顔した。

「それも……知ってたんだ」

きっと全部知っている。工場街でしていたことだけじゃなく、母が亡くなったあと、施設を転々としていた時に、そこでされたこと。ただやられるだけじゃバカバカしくて、そのうち金をもらうようになったこと。

そのすべてを知られているのだと思うと、なぜか胸の奥がきりきりと痛んだ。

——どうしたんだ、俺は……。本当のことを知られて……なにショック受けてるんだ。

最初から男娼と客という関係だった。

己のどうしようもない過去を知られたところで気にする性格でもないのに、なぜかひどく自分が汚れた生き物のように思えてきた。

そういえば最初に、矢倉はそうした春瀬の行為を嫌悪していた。そしてそのことで尻込《しりご》みされたのがひどく惨めだった。

「まあ、なかなかあの当時は大変だったけど、おかげで図太くなったし、結局、それで金をもらうこともおぼえたし……かえってよかったと思ってるんだ。こうして自由に外国まできて、ふらふらしてられて、今は幸せだし」

春瀬はハハと軽く笑ったが、矢倉は表情を変えなかった。眉間《みけん》に皺《しわ》を刻んだまま、やるせなさそうな顔をしている。

「そんな顔すんな。もう忘れたよ。今は母さんもいないし、借金があるわけではないし、もうとうに済んだ話だ」

「すまない」

「何で謝るんだ。全部本当のことだ。そのことで俺は傷ついてもいないし、誰のことも恨んでもいないのに……何で……」

春瀬は矢倉の肩を摑《つか》んだ。

そんな春瀬の手をとると、矢倉は手のひらにキスしてきた。びっくりして躰をすくめると、彼は愛《いと》おしそうに何度もそこにキスしたあと、静かに言った。

「十分傷ついていいことだ。傷つかないほうがおかしい。それなのに恨んでもいないと言うおまえが俺にはとても痛い」

苦しげにそんなことを言われても、春瀬には意味がわからない。

「どうして俺が痛いんだよ」

「かえってよかったなんて言うおまえが痛い。バカ過ぎて……。もっと幸せになりたい、もっと多くのものが欲しいと思わないおまえが……」

矢倉の双眸にうっすらと涙がにじんでいる。

「おまえは他人になにも求めない。だから傷つかない。いや、傷つかなくていいように最初から防御している。だから今の野良猫みたいな、おまえの目がある。それがおまえの魅力だ。そして俺はそんなおまえに惹《ひ》かれた。でも……もっと幸せになって欲しい。俺がそうしたいと思う」

やるせなさそうに呟き、矢倉は春瀬の頬《ほお》に手を伸ばしてきた。

「でもゴメン。ホントに……俺……傷ついてないんだ。そんなこと感じるほど、内側に感情が詰まってないんだ。俺の中身……あんたが言うとおりホントに空っぽだから」

矢倉は黙ったまま、かぶりを振った。薄暗いスタジオに沈黙が落ちる。

「俺を軽蔑《けいべつ》する？」

問いかけると、矢倉は春瀬の髪に指をからめてきた。

「余計に愛しくなった」

低い声が鼓膜に溶け落ちる。焼きたてのエッグタルトよりもあたたかく、甘い感覚が胸に広がっていく。

「バカじゃねえの」

春瀬は視線をずらした。バカな男だ。なにもかも恵まれているせいで、恵まれていない男がめずらしいのだろうか。それとも捨て猫を拾ってかわいがるような感覚でいるのか。

そう思いながらも、心の奥のなにかが溶けそうな気がして怖くなった。

きっと雨のせいだ。だからこんなにも淋しい。今、外では雨が降っているに違いない。

マカオの街を雨がしたたかに濡らしているだろう。きっとあちこち水蒸気をたてて街がほんのりと白い飛沫《しぶき》を跳ねあげている。

そこにいる住人を密閉するかのように。こんな日は世界中から自分が取りのこされたような気持ちになる。

「なにもかもひっくるめて、今ここにおまえがいる。だから余計に愛しい」

「矢倉さん……」

雨が降っているから、矢倉の言葉が胸に響く。そのひと言ひと言に、胸の奥が奇妙なほどざわついている。

「キス……していいか？」

手錠のついた手で春瀬の後頭部を抱きこみ、矢倉はゆっくりと顔を近づけてくる。返事の代わりに瞼を閉じると、ふっとあたたかな吐息が皮膚に触れた。

唇が重なり、矢倉は愛しげに春瀬の皮膚を啄《ついば》んでくる。

――矢倉さん……。

ひんやりとしていて、心地よい冷気が唇から肌へと広がっていく。

そっとその背に腕をまわした時、口内に矢倉の舌が侵入してきた。

どっと胸の底から湧《わ》き起こるものを感じた。この熱は何だろう。全身の血が熱くなっている。

「ん……」

挿《さ》しいれられた舌に舌を搦めとられ、唇から甘い吐息が洩《も》れる。これまで一度も味わったことのない甘美な息苦しさに脳が痺れそうになった。

「…ふ……っ……っ」

普段の冷静な男とは思えない。激情に駆られたように男が口腔《こうこう》を蹂躙《じゅうりん》していく。噛みつくように口内を貪《むさぼ》る動きに、ふたたび意識が眩《くら》んでいくような気がした。

ふっと外の世界のすべて——これまでのことやこれから先の未来をどうしていけばいいのか、自分が抱えているもろもろの問題がするりと躰から抜け落ちていく。

すべてが映画のなかで観た出来事だったかのように、矢倉の唇が与える感覚にただただ身を委《ゆだ》ねたくなってしまう。

「ふ………っ」

春瀬は自分から彼の動きに応《こた》えていた。どうしてこの男は自分にこんなことを。こんなに甘く切なく、そして情熱的なキスをしてくるのだろう。

と同時に自分はこの男のキスに解きほぐされ、どうしてこんなにも肌を粟立《あわだ》たせているのだろうと思う。いきなり監禁し、鎖でつなぎ、こんな場所から逃げられないようにしてしまうような男と……。

「ん……っ」

思わず喉《のど》から甘い声が洩れたそのとき、ふいに男の唇が離れる。

「おまえをつないだりして済まなかった。今、自分が同じ目にあって、どれだけおまえの自由を奪っていたのか、どれだけ不安にさせていたか理解できた」

たまらなく愛しそうな声。胸が詰まりそうになる。

「……なら、最初からそんなことするな」

「わかってはいたんだが、どうしてもおまえを手放したくなかった」

優しく目を細め、矢倉が指先で頬を撫でてくる。

春瀬はひどく困惑した表情で矢倉を見つめた。

口内にはまだくちづけの感触が残っている。一瞬とはいえ、心が溶けそうになってしまった。

さっきのあの甘い燻《くすぶ》りが消えなくて肌がざわつく。

「あの……あんたはどうして……俺を」

そんなに好きなんだ？　と言いかけ、春瀬はうつむいた。

どのくらい好きなのか？　と訊《き》きたい。でも怖い。

「どうしたんだ？　妙な顔をして」

矢倉が顔をのぞきこんでくる。春瀬はやるせない気持ちでその顔を見あげた。

天窓からは青白い月光。雨が降っていないことに気づかないふりをしていた。それどころか、煌々《こうこう》とした目映《まばゆ》い月夜だ。

それなのに、どうしてこんなにも人恋しいのだろう。雨が降っているわけでもないのに、矢倉の背に腕をまわしたくなっているのはどうしてだろう。

淋しいのは雨の夜と決まっていたのに。人肌が恋しいのは雨のせいだと思っていたのに。

「……俺が欲しい?」

前髪の隙間《すきま》から矢倉を見あげて問いかける。矢倉は目を眇《すが》めた。

「だが契約には、セックスのオプション代は入っていなかった」

「そうだ。だから……ただなら……いいぜ?」

「ただなら?」

春瀬のあごに手をかけ、矢倉が問いかけてくる。ふっと春瀬は微笑した。

「ただなら、いい。俺、もう躰売るのは、廃業する……だから、ただなら」

「役者になる気になったのか」

矢倉は春瀬の腰に腕をまわして躰の上に引きあげた。ベッドでむかいあうような姿勢で、矢倉は頬にキスしてきた。春瀬はその背に手を伸ばした。

「俺でもなれる?」

「ああ」

「じゃあ、あんたを信じて……」

そう言いかけ、春瀬は口を噤《つぐ》んだ。ふいに母のことを思いだしたからだ。『今度こそ信じられる相手と出会った』というのは母の口癖だった。他人を信じることは怖い。信じて、捨てられたら。

「どうしたんだ」

「別になにも」

視線を背け、春瀬は口を噤んだ。

「春瀬、役者になるというのなら、事務所も紹介するし、きっちりと世話をするから」

矢倉がこちらをのぞきこもうとする。

「今はそんな話をしたくない。それよりあんたが欲しい」

春瀬は自分から矢倉に唇を重ねた。

「ん……っ」

音を立ててくちづけたあと、春瀬は乱れた前髪の隙間から矢倉を見下ろした。

現実のことは考えたくない。今は何の約束もいらない。ただ欲しいという感情のまま求めあうだけでいい。矢倉の頰を手のひらで包みこんで狂おしさのまま春瀬は唇を重ねた。

「ん……ん……っ」

唇を舌でこじ開け、口腔の奥に忍びこみ、激しく矢倉を求めていく。

「いいな、積極的なおまえは悪くない」

矢倉が舌を絡め返してきた。それからは、ふたりで我を忘れたように互いを求めあっていた。

もうここにきて何日が過ぎたのだろうか。

外の情報は天窓から見える空の色からだけという、暗いスタジオのなかにいると時間の感覚を少しずつ失ってしまう。

今が何時で、今が何曜日で、朝か昼か。

なにもかもがどうでもよくなり、ただ矢倉とふたりで創りあげていく『桂吾』という青年の物語だけがリアルな形となって感じられる。

どろどろに疲れるまで演技の稽古をし、地下室のなけなしの食料を分け合うようにして食べ、ふたりで一緒に風呂に入ったあと、ベッドで激しく求めあう。

そんな日常があたり前になってきていた。その日々にエンドマークがつく日がくることなど、考えられもできなくなりそうなほど。

抱きあえば抱きあうほどふたりの心がつながり、自分たちがひどく求めあっているように感じる。

けれど心がつながればつながるほど、春瀬は『桂吾』が理解できなくなるジレンマを感じていた。

三日前よりは二日前、二日前よりは昨日、昨日よりは今日と……桂吾をどう演じればいいのかがわからなくなってきている。

――どういうことだ、ここで稽古をし始めた時は……まるで自分の分身のように桂吾という人間を身近に感じていたのに。

それなのに少しずつわからなくなってきている。

矢倉と映画ごっこをするのがイヤになってきたというのではないが、映画ごっこをするよりも、ベッドに横たわり、ずっと矢倉の腕のぬくもりに包まれていたい衝動を感じる。

「春瀬、続きをやるぞ」

矢倉に肩を揺すられ、目を覚ます。目を開けると、天窓からの明かりがふたりのいるベッドに降り注いでいる。

「早く起きないと」

そっと矢倉の手が肩を抱く。そうすることが当たり前のようにすっとその胸にもたれかかると、ふんわりとあたたかな体温を感じて、それを手放すのが辛《つら》くなってくる。

「……っ……もう少し……こうしていたい」

どうしたんだろう、いつでも人肌が恋しい。いや、人肌というより矢倉のぬくもりが。

「どうしたんだ、少し変だぞ」

鎖のついた矢倉の手で後頭部をひきよせられ、唇を吸われる。

瞼を閉じ、顔の角度を変えながら、互いの唇を啄みあう。

すうっと優しく包みこむようにくちづけされ、こういうのって幸せだな……という感覚が芽生えてくる。

大切にされることの心地よさ。愛されることの甘美な喜び。

母がどうして『彼氏』から捨てられたくないと必死になっていたのか、ようやく理解できるような気がした。

優しい日だまりのなかで満たされていくような、こんな幸せな感覚……誰だって一度知ってしまったら手放せなくなる。

孤独な人生でも平気だと思っていた頃に、もう還《かえ》れない。自由に彷徨っていた人生、それが好きだったのに……今では無意味なものに思えてくる。

「矢倉さん……」

首筋に触れる吐息。互いの肌がこすれ合うたびに感じる胸板の厚さ。肌の奥がざわめき、触れられた細胞のひとつひとつが矢倉の動きを追う。

映画ごっこをするよりも、この密室で、矢倉と春瀬という人間同士で、誰からも邪魔されない時間をあますところなく共有したい。

『十分傷ついていいことだ。傷つかないほうがおかしい。それなのに恨んでもいないと言うおまえが俺にはとても痛い』

あの時はわからなかったあの言葉の重みが今ならわかる。彼は自分を憐れんでいるのではなく、本当に愛おしんでそう言ったのだ。

『おまえは……なにも気づいていない』

『余計に愛しくなった』

『なにもかもひっくるめて、今ここにおまえがいる。だから余計愛しい』

人と一緒にいる楽しさ、人から愛おしいと思われることの、気恥ずかしいまでの心地よさ。矢倉と接するたびに、自分は余計なことを次々と知っていくように感じる。

知らなければ、知らないままでよかったのに。知ってしまったら、それまでの自分に戻れなくなってしまう。ほんの少しでも離れたくない。

二十四時間、矢倉の体温を感じていたい。

それを手放すことをひどく切なく感じていた。

春瀬はその場にうずくまり、天井を見あげた。

あれほどあの窓から逃げたい、逃げたいと切望していたのに、今はここにいることに安心しきっている。

ここにいれば安全だ。ここにいると、このコンクリートに護られ、矢倉に護られている。

安心して眠ってもいいこと、自分が大切にされることを初めて知った空間。

ここで永遠に映画ごっこをしていられないのはわかっているけれど、ずっとそうしていたいと切望してしまう自分がいる。

# SCENE 7

パンッと弾《はじ》けるような音が響き、春瀬ははっと我に返った。

「駄目だ、もう一回、最初からやり直しだ」

演技の稽古の途中、手のひらを叩いて矢倉がセリフを中断させる。今日は一日そんなことをくり返していた。

「もう一度、そのセリフを読んでみろ」

矢倉に言われ、春瀬はセリフを口にした。しかしかぶりを振り、矢倉があきれたようにため息をつく。

「どうしたんだ、昨日くらいからずっと変だ。おまえの目に憎しみが感じられない」

ベッドにどかっと腰を下ろし、矢倉は吐き捨てるように言った。

「憎しみって?」

「ここは義父への憎しみを表すシーンだ」

それはわかっている。できるだけ心に憎悪を描いてセリフを読もうとしているのだが、どうしても矢倉には納得がいかないらしい。

「少し休憩だ。疲れた、一時間ほど寝る。おまえはその間に、なにが駄目なのか、自分の頭で考えておけ」

苛立った様子で言うと、矢倉はそのままベッドに横たわった。

——なにが駄目なのか……。

何となく答えはわかっている。『桂吾』という役を春瀬が理解できていない、それが駄目な理由だ。

寝息を立てた矢倉の横に座り、春瀬はシナリオを読み返した。

孤独で一匹狼《いっぴきおおかみ》のように生きる桂吾。義理の父親に愛と憎しみを感じている。今、ちょうど矢倉と稽古しているところは、桂吾が義父は家族の仇《かたき》だと知って、憎しみを芽生えさせるシーンだ。

——俺には……それがわからない。自分を大切に思ってくれている相手をここまで憎むなんて。家族の仇だとしても、もうそれを超えた愛情が桂吾のなかにあるように感じるのに。

ぱらぱらとシナリオをめくったあと、春瀬は傍らで眠っている矢倉を見下ろした。

ここにきてまた少し痩せた。

そのせいか目鼻立ちを以前よりもシャープに感じる。あごのラインも研ぎ澄まされたように感じる。

眠っている時の表情は出会った頃と同じようにとても上品で、怜悧《れいり》な紳士といった風情だが。永遠でも眺めていたい。この閉鎖された密室でひっそりと静かに、ふたりだけで永遠に過ごせたらどれだけ楽しいだろう。

――俺……外の世界で、この先、暮らしていくことができるのだろうか。この人から離れた場所で生きていけるんだろうか。

手を伸ばし、矢倉の肩に触れる。

『稽古中は監督と役者という立場でいよう』

そう言われ、休憩時間でさえもぬくもりを求めるような触れ方はせず、距離を置くようにしているが、こうしているとまた彼の体温を味わってみたくなる。

自分はどうしてしまったんだろう、と春瀬は思う。

ここにいるわずかな時間の間になにかが自分のなかで変化してしまった。

ここに自分を拉致《らち》し、鎖でつなぐような変態だ。鋭い目でこちらを犯し、映画のためとか言いながら自慰をさせる、変な神経の持ち主だ。

それなのに余計に愛しくなったと言われた時に、それまでぴーんと自分のなかで張り詰めていたようなものがプツンと切れてしまって。

ずっと奥のほうにしまいこんでいたひとつの感情が、どっと堰《せき》を切って躰からあふれ出てしまった気がする。

「矢倉さん……」

今だけではなく、これから先も永遠にそばにいたい。失いたくない。このスタジオの外に出たら、矢倉は自分だけのものではなくなる。

マカオ国際映画祭で監督賞をとるような映画監督で、あの綺麗な早河や、有名な役者たちに囲まれ、社会的に活躍していくような男。

一方、自分はといえば、マカオにいる流れ者の男娼。

矢倉は俳優としてデビューさせたがっているが、本当に自分が役者になれるかどうか、確かなものはなにひとつない。

このスタジオのなかではこれ以上ないほど通じ合っているのに、外の世界では何の絆《きずな》もなく、完全に住む世界が違う。

そう思うと、眦《まなじり》からぽろりと涙が出てきた。何年ぶりの涙だろう。この閉鎖された空間から出ることを想像しただけで堪えられなくなっていた。

「春瀬……どうしたんだ、まったく演技ができなくなってるぞ」

シナリオももう後半にさしかかり、義父への殺意を表すシーンに挑戦することになっていたが、何回やっても矢倉は「だめだ」のひと言しか返してこない。

「もう一度やれ」

居丈高に命じられ、春瀬はセリフを口にした。

「俺は義父《とう》さんが憎い。殺してやりたいほど憎んでいる。俺はいらない、義父さんからの愛情なんて。俺は……」

言いながら、己の言葉に感情が入りこんでいないことに気づき、春瀬は途中でやめた。

「どうした、疲れているのか？　最近、食欲がなさそうだが、どこか具合でも悪いのか」

立ちあがり、心配そうに言う矢倉に、春瀬は虚《うつ》ろな表情でかぶりを振った。

「違う……わからないんだ……桂吾の気持ちが」

「ここは、桂吾がすべての記憶を取り戻し、義父にこれまでにない憎悪を募らせるシーンだ。それなのにおまえの目は義父への愛情しかない。それではこの映画が死んでしまう」

「……っ」

映画が死んでしまう。そう言われてもわからない。春瀬は呆然《ぼうぜん》とその場に立ち尽くした。

「さあ、もっと義父への憎悪をみなぎらせて、セリフを口にしてみろ」

「……俺はいらない、義父さんの愛情なんて」

言いかけ、やはり気持ちが入りこまなくて春瀬は口を噤んだ。

「春瀬……」

「わからない、愛情がいらないという桂吾の気持ちが理解できない。何で、桂吾は義父を憎むことができるのか。だって、マカオで野良猫みたいになっていたところを拾ってくれた大切な人だろ。そんな人をどうして桂吾が憎むのか、俺にはわからない。家族の仇って言っても、ふたりで過ごした時間は本物じゃないか、それなのに」

春瀬は己の感情を吐露《とろ》するかのように言った。

心からストレートに湧いてくる感情は、こんなにもはっきりと言葉として出すことができる。真の感情、真の言葉なら。

「拾ってくれた大切な人か……おまえなら、たとえ仇だとしても、義父に対する愛情を捨てることはできないと思うんだな」

「ああ、そうだよ、俺は、復讐心なんかよりも愛を大事にすべきだと思う。たったひとり、自分にぬくもりを与えてくれた人を憎むことなんてできない」

言いながら、まるで矢倉への告白のようだと思った。

野良猫だった自分を拾った矢倉。それまで愛情も知らず、ひとりで生きることを当然と思い、淋しさの意味も知らなかった春瀬に、矢倉は執拗《しつよう》なほど執着し、ぬくもりと愛情を与えた。

——それがうれしくて……俺は……だから……自分に愛情をかけてくれた相手を憎む演技なんてできない。

ふっとそう自覚した時、矢倉も同じことに気づいたように深々と眉間に皺を刻んだ。

「春瀬……そういうことか。そうか……何てことだ」

その双眸に冥《くら》い光がよぎる。

落胆？　失望？　なにかわからないけれど、矢倉はひどい苛立ちを覚えたように舌打ちし、持っていたシナリオをバシッと床に投げた。

留め金が弾け、紙がパラパラと四方に飛び散っていく。もうこんなことはしたくないと言わんばかりに、それを拾い集めもせず、矢倉はベッドに腰を下ろした。

くしゃくしゃと髪をかき毟《むし》り、深々とため息をつく。

「最悪だ……俺は最低だ」

矢倉が苦しそうになにか呟いている。しかし春瀬にはその意味がわからない。

わかるのは、彼がまた自分に対し、あまりよい感情を抱いていないということ。演技のできない春瀬を厭《いと》うかのように。

——演技ができないから……俺のことが嫌いになったんだろうか。

そんなことくらいで……と思う。けれど彼は映画監督だ。彼にとって演技のできない春瀬には何の魅力もないのだろうか。

演技——。それ以外になにひとつ取り柄はない。それ以外に彼に喜んでもらうものはない。

そう思うと淋しさに胸が軋《きし》む。本当に自分はなにも誇るものを持っていないという現実に。

シナリオを一枚一枚拾い集め、留め直すと、春瀬は矢倉に差しだした。

「あの……これ……」

おずおずと差しだすと、彼はまた舌打ちし、さらに不快そうに眉をよせた。

「何だよ、その目は。そんな目で俺を見るな！　おびえたような目をむけるな。俺に媚びてるのか、おまえは！」

シナリオをバンと投げつけられる。紙の束が頬にぶつかり、再び留め金が弾け、春瀬は唇を嚙《か》み締めた。

完全に嫌われた……。演技ができないから。はっきりと実感した。

春瀬はもう一度床に膝をつき、シナリオを一枚ずつ集めて留め直した。そしてそれを彼の傍らに置くと、春瀬はその顔を見あげた。

「矢倉さん、お願い、教えて。どうすれば桂吾になれるのか」

問いかけると、彼は肩で息を吐き、失望したような眼差しを春瀬にむけた。

「そんなこともわからないのか」

「わかるわけない、俺はもともと演劇なんてやったことがないんだから」

「芝居をしろとは言っていない。素のままでいいと言っている。それなのに、肝心のおまえ自身の煌《きら》めきのようなものがなくなってしまった。おまえがおびえたような目をむけるようになるなんて……そんなの……あってはならないことなのに」

「矢倉さん……」

彼がなにに失望しているのかわからない。どうして急にこんなに嫌われたのかわからない。

知らず知らずその心の不安を顔に出すと、矢倉は残念そうに春瀬を見つめた。

「その目がダメなんだ。俺の顔色を窺《うかが》って、切なそうにしている。おまえはそんな目をしちゃいけないのに。おまえはもっと野性的で、尖《とが》った目をしてないと」

「そんなの……言われても……俺はどうしたらいいか……」

「どうしたらいいかもわからないのか。セックスばっかりやってるうちに、脳まで色ボケしてしまったのか」

「な……ひど……」

最初に躰を求めてきたのは、矢倉のほうではなかったのか。金で買ったくせに。

矢倉を睨《にら》みつけると、彼は意地悪く冷笑を浮かべた。

「ああ、そうか、すまない、色ボケもなにも、もともと男娼だ。男に抱かれるしか能がない男だったな」

春瀬は唇をぎゅっと嚙み締めた。どうしてそんなことを言われなければならないのか。余計に愛しくなったと言ったのは誰なのか。

「どうしたの、矢倉さん、なんでそんなこと言うの」

あれだけ優しかったのに。こちらが欲しくて欲しくて仕方のなかった言葉を与えておきながら、どうしていきなりそんなことを言い出すのか。

わからない。矢倉は一体どうしてしまったのか。

「もういい。おまえは昼飯でも食べてこい。俺は進行表を整理しておく」

彼はそう言ってノートを開け、なにかいろいろと書きこみ始めた。

手錠をつけたままでひどく書きにくそうだったが、矢倉はここから出た時のことを考え、シナリオに追加した項目や進行上必要な場面設定などを、毎日のようにノートに書き記していた。

春瀬はじっとその背を凝視した。

——俺が嫌いになったのか。

確か一昨日くらいから、矢倉が急に冷たくなった。急にこちらに触れてこなくなり、夜、その胸にもたれかかろうとすると、『悪い、疲れているんだ』という返事しか返ってこない。

「矢倉さん……あの……」

俺のなにが気に入らないのか。演技ができないから苛々《いらいら》してるのか？　映画ごっこの遊びをそこまで真剣にしないといけないのか？

それとももう自分に飽きてしまって、どうでもよくなってしまったのか。

問いかけたい疑問が幾つも胸の奥から湧いてくる。けれど問えない。

以前なら、多少、口汚いことでも、思ったことをそのまま問いかけていたのに、今は心に思ったことをまったく口にできないでいる。

言えば、ここでの閉鎖された時間が終わってしまいそうな気がして。飽きた、と本気で言われそうな気がして。

「どうした、何か食べてこいと言っただろ」

「あ……うん」

彼の背中から流れてくる冷たい空気が、完全に春瀬を拒否しているのが伝わってきた。

「……ごめんな……」

春瀬はぽつりと呟くと、スタジオの外に出て、地下室へと降りていった。

そこには食料の保管庫とキッチン、それから洗濯機と乾燥機が置いてある。矢倉が鎖につながれて移動できないため、家事や炊事は春瀬の仕事になっていた。

淋しい。あれだけ愛しい愛しいとくり返されていたのに、こちらが矢倉に好意を抱くようになってから、どうして急に嫌ったような態度をとられないといけないのか。

もう手に入ったものとして、つまらなくなったのか？　思っていたよりもずっと面白くない相手なので興味を失ったのか？

それとも……彼は映画監督だから……演技のできない人間に興味はないのか？

『セックスばっかりやってるうちに脳まで色ボケしてしまったのか』

『ああ、そうか、すまない、色ボケもなにも、もともと男娼だ。男に抱かれるしか能がない男だったな』

一番辛い言葉だった。そう、彼の言うとおりだ。でもなにも持っていないからこそ、なにかせめてひとつでも一生懸命やろうと思って、役者の真似事《まねごと》をしてみた。

けれど本物のプロばかりを見ている彼の目からすれば、結局は『男に抱かれるしか能がない男』でしかなかったのだろう。

宝石と思って磨いたら、つまんない石のままだった……そんなところだろうか。

「……ん……」

涙が出てくる。悔しくて情けなくて。愛される価値のない自分が。

——駄目なのか、矢倉さんの愛を求めたら駄目なのか?

好きだと言われ、嬉《うれ》しくて、そのぬくもりを求めただけなのに。それなのにどうしてこちらが彼を求めるようになった途端、あんな態度をとられなければならないのか。

地下室の階段にうずくまり、春瀬はあふれそうになる涙をこらえた。

初めての恋。初めて人を好きになった。それなのに……好きになった途端、嫌われた。その事実をどう受け止めていいかわからないまま。


ひとしきり泣いたあと、春瀬はなにか食べるものでもないかキッチンをさぐった。

棚や引き出しのなかを確かめると、食料が殆《ほとん》どなかった。早河は一体いつここにくるのだろう。もう明日で食料がなくなってしまうかもしれない。

——そういえば、矢倉さん……もう何日もちゃんと食べていないように思う。

ワインやビールを飲んでいるのは見たが、ここにきてからちゃんとした食事をしているのを見た記憶はない。

今、残っているのは、手のひらにすっぽりとおさまるほどの米。一個のジャガイモ。それからカップスープの素。あとはカップラーメンやお菓子類。

ありったけのお菓子類を集めると、春瀬は粉々に砕き、ドライフルーツを入れてフライパンで焼いてみた。変わったパンケーキもどきができあがる。

何としても矢倉に食べさせないと。

「矢倉さん、食事……」

スタジオに戻ると、矢倉はベッドに横たわっていた。おそらくあまり食事をとっていないので疲れやすくなっているのだろう。

「俺はいい。さっき適当に摘んだ。腹がいっぱいだ。おまえ、食え」

こちらに背をむけたまま矢倉が言う。

「食えよ、せっかく俺がキモいケーキ作ったんだ」

ベッドに横たわっている矢倉の肩を摑み、春瀬はその躰を揺すった。振りむき、乱れた前髪をかきあげながら矢倉に問いかける。

「食えよ、あんたのために作ってきたんだ」

春瀬は彼にのしかかると、じかにケーキの塊を摑み、その口に押しこんだ。

「なにをするんだ」

不機嫌な顔でかぶりを振る。

彼の上に跨《また》がったまま、その頬についたケーキを指でつまみ、もう一度、口のなかに押しこんでやる。

矢倉はなにも言わず、口をわずかに動かしてそれを嚥下《えんか》した。自分も塊を口に放りこみ、また矢倉の口のなかに放りこんでやる。

互いになにも言わずじっと相手の顔を見たまま、クッキーや固くなったパン、チョコレート、ドライフルーツを砕いて水で練り合わせて、フライパンで焼いたわけのわからない味のものを食べた。うまくはないが、決して食べられないわけではない。

さらにちぎって、矢倉の口に放りこもうとすると、彼がかぶりを振る。

「……もういい。残りはおまえが食え」

「まずいから?」

「ああ、甘すぎる」

「こんなのちっとも甘くないのに」

「俺には甘すぎるんだ」

「何で食べないんだよ。何で、そこまで優しくするのに、いきなり冷たくするんだよ」

春瀬は自嘲《じちょう》するように笑った。そんな春瀬を黒々とした目でじっと見あげ、矢倉が問いかけてくる。

「春瀬……おまえ、俺が好きなのか？」

「誰が」

「正直に言え、俺が好きなのか」

彼の手が頰に伸び、春瀬の長めの髪を梳《す》きあげていく。一回、二回……と優しい手の動きで。

こんなにもやわらかに触れられていると、自分が好かれていると勘違いしてしまいそうだ。

「あんたなんて……好きでも何でもないよ」

「本当か？　おまえ、俺に抱き締められるの、嫌いか？」

瞬きもせず真摯な眼差しで問いかけられ、春瀬は押し黙った。

「嫌いだ……あんたから抱き締められることなんて」

「じゃあ、問う。俺がここで永遠におまえと過ごしたいと言ったらどうする？　一緒にふたりだけで死ぬまでここで暮らすんだ。俺にはそれだけの金がある。管理人に食べ物を運んできてもらって、ここでふたりきりで映画ごっこをする。そういう人生はイヤか？」

その言葉に胸が高鳴る。ああ、そんなことができたらどれほど幸せだろう。矢倉のぬくもり、矢倉の眸、矢倉の愛だけしかない世界なんて。

「……俺……そんな人生を歩んでもいいの？」

矢倉に跨がったままじっと見下ろす。知らず眦《まなじり》からぽろりと涙が流れ落ち、矢倉の頰を濡らした。

そんな春瀬を静かな醒《さ》めた目で見つめたまま、彼は小さくかぶりを振った。

「駄目だ、おまえは桂吾をやるんだ」

「……っ」

どうして。どうしてふたりだけで、静かにここで過ごすのを夢見てはいけないんだ。

こんなにも一緒に、こんなにも暑苦しく求めあったこの場所で永遠に過ごしたいと望むのは駄目なのか。

「わかんないよ、どうしたら……あんたの思うとおり演じられるんだよ」

ぽろぽろと涙があふれ、春瀬は肩でしゃくりあげた。

「自分で考えろ。そのために大金払ってる。おまえはもうプロなんだ、今は俺しか観客はいない。だけど、金をもらっている以上、プロなんだよ」

プロ――――。

春瀬は唇を噛み締めた。

「おまえを、観客のいるスクリーンで耀かせたい。俺の目には、その未来しか見えない」

「観客のいるスクリーン……」

空から降る真昼の光がなにもないスタジオに淡い光の線を描き、そこにある映画の道具の数々を浮き立たせて見せる。ここで静かに映画ごっこをするのではなく、外の世界で役者として生きていけと矢倉は言っている。

「じゃあ、俺はどうすればいいんだよ、桂吾が終わったら、俺は何をして生きていけばいいんだよ」

「おまえは……桂吾が終わったら、次に違う役をやればいい。そうだな、俺は、今度はおまえに大阪弁のどうしようもないチンピラの役をやらせたい」

「それが金融屋にでもなってのしあがっていくのか？」

「違う、それが紛争地の傭兵《ようへい》になるんだ。できればサラエボでロケがしたい。空気の綺麗な、あの深い南東欧《みなみとうおう》の林のなか、おまえが歩いている姿はきっと幻の狼《おおかみ》を連想させる。特殊能力つきのちょっとしたファンタジーにしてもいい」

「何だよ、その子供だましのゲームみたいな設定」

「子供だましのゲームみたいな話でもおまえが演じれば、本物になる。ゴダールの『アワーミュージック』のような感動的な映画が生まれる」

その映画は観たことがない。けれど矢倉が言うのだから本当に感動的なドラマなのだろう。

「そんなの無理だ。できっこない」

「おまえにはそれだけの才能がある」

春瀬はじっと矢倉を見つめた。

――そうか……そういうことか。

この男は自分に才能がないから飽きて、冷たい態度をとっているのではなく、最初から役者としての春瀬しか見ていなかったのだ。

この時、そのことがはっきりとわかった。好きだ、惚れた、愛しい……と彼が口にしてきたのはリアルな『春瀬悠真』ではなく、春瀬の内側にある役者としての素材。

ただそれだけの存在として彼は自分を求めていたのだ。最初からそこに個人への愛はない。

「あんたは……俺の才能を愛しているの？」

「ああ、おまえの才能にひと目で惚れた。初恋のようなものだ」

幸せそうな微笑。やはりそうだったのか。

考えれば、当然だ。社会的にも地位が高く、世間でも認められたこの優秀な男が、自分のような人間に、個人として惚れること自体、変なのだから。

「俺には、役者としての才能がある？」

役者……。そんな人生、本気で考えたこともなかったけれど、もし才能があるのなら、せっかく矢倉が見いだしてくれたのだ、その道を歩いていくのが、せめてもの自分の矢倉への思いの証明に感じられた。

「そうだな、それがどこまで開花するかはおまえの努力次第だが……努力をすればするほどおまえは輝ける。そして個人の愛ではなく、万人の愛を得て、スクリーンで永遠に名を残すことができる。ダイヤモンドの原石だ」

その言葉が耳に届いた時、さらさらと胸のなかに砂が降ってくるような気がした。乾いた、きめ細かな砂。莫大《ばくだい》な量の砂のなかにしたたかに埋もれ、沈んでいくような錯覚。

嬉しいはずなのに、淋しい。世界的にも有名な監督からそんな言葉がもらえるなんて、役者として最も光栄なことなのに、どういうわけか胸が痛くて苦しい。

「だけど……俺が欲しいのは……」

そんな愛じゃない、あなた自身の俺への愛だ……と言われたら、どうするだろう。

春瀬はじっと矢倉の目を見た。一点の曇りもない清々《すがすが》しい黒い目。

その目の色のなかに自分個人への恋情はない。

そう、わかっている。望んだところでどうもしない。きっと『すまない』とか『個人的には興味はない』というようなことを言われるのはわかっている。

なにも言わない代わりに、春瀬は眸から涙を流した。

ぽとぽとと矢倉の頬に涙が落ちていく。だが彼は表情を変えず、それどころか監督としての突き刺すような、こちらを犯すような強い眼差しで春瀬を見ている。

「さあ、もう一度、桂吾をやってくれ」

熱い懇願。彼は春瀬ではなく、桂吾を演じられる役者を愛している。それだけがはっきりとわかった。

「今から？」

「そのキモいケーキを食べてからでいい。腹をいっぱいにして、元気になったら、桂吾をやるんだ。あと三日あればラストまで辿り着くだろう」

「あと三日も食料ないぞ」

「それならおまえが喰え。俺には酒がある」

笑顔で言う唇のなかに、春瀬はケーキの欠片《かけら》をねじこんだ。

「ぐっ」

憎たらしい男だ。さんざんこちらをその気にさせておいて。

「あんたが食え。俺の演技を最後まで導くために、ちゃんと食え」

ちぎってはねじこみ、ちぎってはねじこみ……とくり返したあと、ケーキがなくなってしまった。

「全部食った。春瀬、これで芝居をしてくれるか？」

表情を変えずにじっと口のなかのケーキを嚥下していく男を見下ろし、春瀬は小さくかぶりを振った。

「俺の食事がまだだ。俺はめちゃくちゃ腹が減ってるんだ、飢えて飢えて飢えまくってて、ちゃんと食ってからでないと芝居なんてできないよ」

皮肉めいた笑みを浮かべたまま言う春瀬に、矢倉は眉をよせた。じっとその顔を見下ろし、唇を近づけていく。

ほんのりチョコレートがついた彼の唇を春瀬はぺろりと舐めた。

ぴくりと矢倉が身をこわばらせる。つながれたままの彼の鎖を自分の手に巻きつけ、自由を奪ってその頭を抱えるように抱き締めてキスしていく。

この男をどうしようもなく犯してやりたかった。嬲るだけ嬲って、飽きるほど喰い尽くしたら、きっとあきらめもつく。この男が好きだ。だから、この男の望むように役者になってやろう、愛の代わりに、別の愛を手に入れてやろう……と。

「飢えてるのは、あんたにだよ。あんたを食べてからだ」

そう言って彼のシャツをまくり、ズボンのファスナーを開けてそのなかに眠っている性器に手を伸ばす。

「咬《か》み切ったりしないから安心しろ。この先も役者になってから、時々あんたを喰ってやる。もっとこれで楽しませてもらわないといけないからな」

「最悪、淫乱《いんらん》な男だ」

「そうやって軽蔑《けいべつ》したようなこと言うのに……勃《た》つのか」

ぎゅっとにぎってやると、彼が顔を歪める。

愛を求めてはいけない。自分が愛されているわけじゃない。彼が求めているのは自分自身じゃない。役者としての才能に惚れているだけ。それならそれでいい。

「春瀬……」

「男娼は廃業して、役者になる。もう他の男に躰を売る気ないから」

唇を重ねる。その後頭部を抱き締め、恍惚となりそうなほど激しく彼の口腔を貪っていく。いつの間にかどうしようもなく愛しくなっている唇。愛しいくちづけ。彼の舌が唇を開き、口内に入ってくる。春瀬は彼の舌に自らの舌を絡ませていく。

「ふ……ん……っ……っ……ん……っ……」

舌を搦めとられ、意識が霞《かす》みそうになる。空腹で、実際、死にそうだったが、キスの満足感で腹がいっぱいになる気がした。


もういい。矢倉個人の愛は求めない。自分は役者になろう。精一杯努力して、最高の役者になる。そうすれば矢倉の傍にいられる。それだけで幸せだと思おう。

春瀬は己の恋心を封印することにした。そしてここにいる間、完璧《かんぺき》に演技ができるまで矢倉に厳しくしごいてもらうことにした。その代わり、矢倉には少なくても食事をきちんととってもらう約束をして。

「……っ」

今日のシーンは、桂吾が左腕を撃たれ、自分でその傷を治すシーンだった。スタジオの隅にうずくまり、銃弾が貫通した腕を自分で止血し、ゆっくりと息を吐く。

その瞼をよぎるのは、行方不明になった義父の面影。彼を殺したいのか、助けたいのかわからないまま、『義父さん』と呟き、銃のグリップをにぎりしめる。

「よし。最高だ。苦しげな顔をする時のおまえは、実に色気がある。映画館に訪れた客全員がおまえを見て、勃起《ぼっき》するだろうな」

下品な言葉にあきれたように鼻で嗤《わら》うと、春瀬が立ちあがり、カメラをもった矢倉がファインダーをこちらにむけた。

——カメラ？

目を細めると、ポンとナイフを渡される。

「おまえがその剣先を舐めている顔が撮りたい」

「はあ？」

「敵を見据え、これから捉える獲物を見ながらナイフを舐めているおまえの顔が撮りたい」

突然のわけのわからない言葉に、春瀬はさらに目を眇めた。矢倉はふっと笑い、壁にかかった写真をあごで指し示した。

早河の写真。モノクロとカラーのエロティックなアートポスター。

「おまえにも果実……と思ったが、今、銃をもっていたおまえを見て、気づいた。おまえには武器のほうが似合う」

「ああ、黒木監督が撮ったあれか」

それぞれ『被虐』と『捕食』というエロスをテーマにし、モノクロとカラー写真で早河を撮ったものだ。

モノクロの不思議な雰囲気の幻想的な写真も好きだが、個人的には、カラー写真のほうの『捕食』をテーマにしたポスターが好きだ。

光に満ちた優しさと透明感。それでいて猛烈に躰の奥を疼かせる写真……。

この写真のように撮ってもらえるのなら、役者という職業は本当に幸せだと思う。こんなにもあたたかで、こんなにも美しく撮ってもらえるなら。

「被虐……捕食……。春瀬、おまえをモデルにするなら、『回帰』がいい。生も死も愛も喜びも官能も含め、おまえの魂から湧き出て、おまえのなかに帰結するような」

言っていることがむずかしくてさっぱりわからない。

けれど彼が役者として、自分のなかに崇高なものを見ていて、それをとても愛してくれていることだけはわかる。

「何でもいいよ。それができるようにするのがあんたの役目だろ。俺はあまり頭がよくないし、言ってることの意味、全然わかんないけど」

「おまえは頭がよくないわけじゃない。ただそれ以上に、カンが優れている。いつかその才能のなかに、知恵や知識が必要になる時がくる。多分、三十くらいになった時に。その時は俺がまた導く。だからそれまではおまえの本能の赴くまま、ただの輝ける原石でいろ」

その言葉もむずかしくてわからない。

三十くらいになっても矢倉がそばにいるのだということに、春瀬は喜びを感じていた。

「じゃあさ、とりあえず、いい写真、撮ってくれよ」

「そうだな。今の俺なら、あのカラー写真の何倍もいい写真が撮れるだろう」

「オヤジを超えられるってこと？」

「いや、オヤジの写真はモノクロのほう。カラーは、俺が高校生の時に撮った写真だ」

「えっ！」

春瀬は驚きの声をあげた。高校生の時に……矢倉が撮った写真。黒木の写真ではなく、矢倉の撮った写真。

「最高、そうだったのか」

春瀬は胸が熱くなるのを感じた。よかった、自分はこのカラー写真が好きで。モノクロも素敵だと思ったが、なによりもこのカラー写真に惹《ひ》かれた。双方とも黒木の撮った写真だと思ったまま。

だけど、カラー写真は矢倉のものだった。自分が魂から好きだと思えた写真が矢倉の撮ったものだと思うと、人間として愛されなくても、役者としてしか愛されなくても、それでも自分は矢倉の作品が好きだから、きっとそれだけでもよかったと思えてくる。

春瀬は眦から熱いものが落ちてくるのを感じ、手の甲でこすった。

「どうした、春瀬」

「何でもない。がんばっていい役者になろうと思っただけだ」

矢倉の作品、そして矢倉自身のそばにいられる。

それだけで幸せだ。そう思おう。自身にそう言い聞かせ、春瀬は、己のなかの彼への浅ましいほどの恋心を封印していた。

何枚かの写真を撮ったあと、互いにわずかな食べ物を分けあい、演技の稽古をしていた。

さすがにもう飢えてどうしようもなくなり、それから二日が過ぎた頃、矢倉がぐったりとした。演技が完成するまであと少しだというのに。

「すまない、ラストシーンをやるまで一時間ほど寝かせてくれ」

矢倉は元気がない。彼は恐らくここにいる間、殆どの食料を春瀬に譲ってきた。

――矢倉を助けないと。

矢倉が寝ている間に、何とか食料を調達することはできないか。

屋根から外に出て、断崖《だんがい》を下りていくことができたら、食事のひとつやふたつ用意することができるはず。

春瀬は紙幣を手に、屋根にのぼった。

久しぶりの外界。ちょうど夕陽《ゆうひ》が赤々と照りつけ、目がかっと目映《まばゆ》くなって激しい目眩《めまい》を感じた。

さすがに自分もあまり食べていないので、体力がなくなっている気がしたが、矢倉になにか食べさせたい、このままだと矢倉が死んでしまうという切迫感が打ちかかっていた。

滑りそうな屋根を進んでいく。ここにいる間にすっかり季節が変わっていたのか、随分外は寒い。もうすぐ夕刻なのか、マカオのカジノホテルのネオンが遠くに見える。

その時、別荘に一台の車が入ってくるのがわかった。

早河だった。

天窓から戻ろうとしたが、着ているシャツのボタンが天窓の柵に引っかかってとれない。まいったな、とそれをとっていると、スタジオのなかに早河が入ってきた。

「なにをやっている、こんなところで」

「どうした、一日早いぞ」

「君から全く連絡がないから、心配になって三井よりも一日早くやってきた。管理人のヤンさんが扉が開かないし、明かりもついてないと心配していた。それより、なんで君がベッドにつながれている。春瀬くんはどこに行った」

「ああ、あいつなら、多分、食料をさがしに、地下室に降りたのだろう。缶詰かなにかないか、地下室で探してくると言っていたから」

矢倉の言葉に春瀬はため息をついた。

——やはり本当に具合が悪いらしい。地下室に探しに行ったのは昨日のことなのに。そしてなにもなかったと報告したのに。矢倉さん……意識が混濁しているようだ。

早河は矢倉の手錠を確認すると、倉庫のような機材置き場に近づき、そのなかから幾つもの鍵がぶら下がった鎖を取りだした。

「何で、ここの鍵を使わなかった。手錠も車のキーもスペアはすべてここに置いてあるのに、そんなところでつながれたりして」

手錠を外し、早河があきれたように言う。

「あいつにつながれていたかったんだ……あいつを本気で目覚めさせるために」

手錠のとれた自分の両手を天窓のほうに翳《かざ》し、矢倉は微笑した。

——俺を本気で？　では矢倉はスペアキーがあることを知りながら……わざと。

春瀬は天窓の前で硬直した。

何という執念。自分をそこまでして本物の役者にしようとしていた矢倉の一途さに、春瀬の全身は震えた。

確かに、彼があの状態でなければ、春瀬は本気にならなかった。

激しい飢餓に堪え、不自由な状態にあえて甘んじながら……彼は一種の狂気めいた思いで、春瀬に『桂吾』を演じさせようとした。

何という監督魂。何という創作への執念。

「……涼司、君をそこまで本気にさせるとはな。あの子はどうなんだ、ものになりそうか」

「ああ、最高だ。俺はこの作品で、オスカーを狙うんだ。無謀か？」

「そんなにあいつは優秀なのか？」

「この映画で駄目なら、あいつを使って、もう一本、なにか創ってみる。もう五、六年したら、傭兵か従軍医師の人生を描く」

「随分な惚れこみようだな」

「あれほどの逸材は、めったにいない。惚れこまないでどうする。三井さんにも、どこか大手プロダクションを紹介してもらうつもりだ。ただし、マネージメントはしばらく俺がやる」

「本気か」

「ああ。無駄な仕事を入れて、あいつの才能を潰させたくないんだ」

「あいつはそれでいいって言ってるのか」

「あいつは役者になると約束してくれたよ。勿論、あいつがひとりの役者として立派にやっていけるのなら、いずれ手放さないといけないとは思っているが」

「残念だな。そういう意味では惚れてないのか」

一瞬の沈黙のあと、矢倉は静かに笑った。

「そういう意味で惚れたらおしまいだ。あいつの才能を摘み取ってしまう。俺が欲しいのはあいつの才能だけだから」

穏やかな声。矢倉の言葉が胸に突き刺さる。

——欲しいのは……才能だけ……か。

改めて彼がそれを言葉にすると、どうしようもない淋しさが胸を覆っていく。

そしてもう今日で矢倉とのふたりきりの時間が終わる。これからはこれまでみたいな時間は過ごせないのだ。

——わかってはいたけど、早河さんがきた途端、猛烈な淋しさを感じた。もう終わりなんだという実感をおぼえて。

ここを出たら役者としての自分以外は求められない、もうこんな時間はもてない。

ラストシーン……残っていたけど。

このままこっそり矢倉のもとから去ってしまおうか。

ふとそんな思いが芽生えた。

片側は崖《がけ》。片側は鬱蒼《うっそう》と木々の生えた中庭。

崖に落ちたら即死だろう。けれどバルコニーのほうなら、もしも滑り落ちたとしても何とかなる。

早河が出る時にいっしょに出て行くか、それとも……。

虚ろな表情でそっと天窓を閉めて立ちあがる。

西の空からは赤々と夕陽が降り注いでいた。あたたかな太陽の陽射《ひざ》し。深紅の夕陽を見ていると、その色に吸いこまれそうな気持ちになってくる。

春瀬はふらふらと前に進んだ。その時、突風に煽《あお》られ、足下がふらついた。

「あっ！」

踵《かかと》がういたかと思うと、躰が風に呑みこまれるように屋根の下——断崖に引きずりこまれそうになった。

だめだ、落ちる——っ！

風に躰がさらわれ、屋根が突きだしたところから足を踏みはずした瞬間、かろうじて手で屋根の先を摑む。

下を見れば、岩が突きだした断崖。木々が生えてはいるが、その下の川面まではかなりの距離がある。あの岩に落ちたとしても、大怪我《おおけが》は免れない。

「く……っ」

どうしよう、ここで助けを呼べば、スタジオにいる矢倉に聞こえるだろうか。

いや、駄目だ、天窓を閉めてしまったのだった。

もうどうしようもない。そう思った時だった。

「春瀬っ！」

手首に強い力を感じ、春瀬は目を見開いた。矢倉が手首を摑んでいた。春瀬の躰は屋根の先からぶら下がっている。

吹きあがる風に煽られて今にも落ちそうになった。だが爪を喰いこませるほど強く、矢倉の手が春瀬の手首を握り締めている。

「……っ……安心しろ、今、引きあげるから」

矢倉が力を振り絞って春瀬を引きあげようとする。

けれど強風が吹いてそれを阻んだ。危ない！　彼を道連れにしてしまう。

「矢倉さん、手、放して、早く！」

声を振り絞り、懸命に叫ぶ。しかし矢倉はいっそう強く春瀬の手首を握り締めた。

「駄目だ、放せるわけないだろ」

歯を食いしばり、矢倉は春瀬の手首を必死に握っている。彼のもう一方の手は、天窓からぶら下がったロープを摑んでいる。そこから血が滴っていた。

「ふざけんな、あんた、おかしいよ。食べ物も全部俺に譲って。役者としてそこまで惚れられてるのは……嬉しいけど……俺が欲しいのは……」

「……俺の愛だろ」

その低い声に、春瀬は唇を嚙み締めた。

「おまえを愛していると言ったらそれで満足か？」

「愛してもいないくせに言うな……」

涙がにじんでくる。そんな春瀬を矢倉は愛しげに見下ろしていた。

「春瀬……おまえが本当に望んでいないのなら、役者にならなくてもいいんだぞ」

春瀬を見下ろし、矢倉は優しくほほえむ。

「え……」

「おまえには才能がある。でももし、それを伸ばしたいと思うのが俺のエゴなら、おまえは無理にならなくてもいい」

「でも……そうなったら……俺……」

そうなったら本当に矢倉のそばにいられない。

ここから出て、それでサヨナラだ。そんなの、もう堪えられない。でも役者になったとしても矢倉と永遠に一緒にいられないのなら……。

「春瀬……それでもいいから俺はおまえと一緒にいたい」

「嘘……だって……役者じゃない俺なんて……色ボケした男だって……」

春瀬が言うと矢倉は切なげに眉をよせた。

「そうまでしないと、おまえから光を失う気がして怖かった。おまえに愛やぬくもりを与えることで、野性の輝きを失わせたくなかった。で、おまえに辛く当たったんだ。その辛さに堪え、必死に努力をして、また輝きを取り戻したおまえを見ていると、俺……どうしようもなくおまえが愛しくなって」

耳を疑った。そして思いがけず躰の中心を熱いものが駆けぬけていった。

「それまでも愛しいと思ってたが、監督として我慢しようとしていた。でもいじらしいほど努力する姿を見て……俺は本気でおまえを愛しく思っていることに気づいた」

「嘘だ……」

「監督なんてどうでもいい。役者なんてならなくていい。何もしなくてもいいから……俺のそばにいてくれ」

「うそだ……」

春瀬は大きく目をみはった。春瀬をしっかりと見下ろし、矢倉が淡く微笑する。

「おまえが女優だったらプロポーズしてた。だから俺のそばにいろ」

本当だろうか。でもそれが真実だったら……どれほど嬉しいか。駄目だ、目から涙があふれて止まらない。

「俺はおまえが俺のせいで輝きを失うのが怖かった。でも俺のせいで、あんなおまえも見られるなら、俺が危惧《きぐ》することはないと思った」

矢倉が自分を好き。監督としてだけでなく、ひとりの男として。

そんなことあり得ない。まるで自分に都合のいい夢を見ているようだ。

「ごめん……うれしい。でも……もう…俺……駄目だ」

「どうして」

「だって、もう……手……痺れて……ぶら下がっていられなくて。お願い、このままだと矢倉さんも落ちるから放して」

春瀬は瞼を閉じた。

「手……放せよ……もう……いいから」

「いやだ」

「矢倉さ……」

「安心しろ、何日も食べていないが、俺には力がある。おまえを助けるだけの力くらい……愛する人間を護る力くらい」

頭上で矢倉の声が響いていた。

ああ、こんなに幸せな気持ちになれるなんて。映画ならここで音楽が流れてラストシーンだ。

そう思った時、ぐいっと強い力で躰が引きあげられた。

「あきらめるな、春瀬」

矢倉が渾身《こんしん》の力で春瀬を引きあげていた。

「う……っ」

次の瞬間、躰が屋根の上を転がる。

抱きあげられ、春瀬は矢倉にしがみついた。

ぎゅっと背中を強く抱き締められた瞬間、自分が助かったこと、そして矢倉の腕に抱き締められていることを実感し、春瀬は全身があたたかくなるのを感じた。

「よかった、おまえを助けることができて」

夕陽が矢倉の横顔を照らしている。春瀬は涙を流しながら、その唇に自分の唇を重ねた。

互いに思いをぶつけるように唇を求めあう。そんなふたりの姿を赤々としてマカオの黄昏《たそがれ》がオレンジ色に染め、そのシルエットを細く長く屋根に刻みこんでいる。

『役者としてでなくてもいい、そばにいて欲しい』

その言葉が脳裏に響いていた。そんなに幸せなことはない。そう思いながら彼の唇を求める。その手が愛しそうに春瀬の背をかき抱く。

——ありがとう、矢倉さん。俺なんかを……本気で好きになってくれて。一緒にいたいと言ってくれて。

春瀬は唇が離れると、涙を含んだ目で矢倉にほほえみかけた。

言わないと。自分は壁に貼り付けられた写真のなかではモノクロではなく、カラーの方が好きだということを。

矢倉の撮った写真が好き。矢倉の見ている世界が好き。

だから人として愛されるだけでなく、役者としても愛されたいと本気で思っている。

そのことを矢倉に告げようと思い、彼を見つめると、優しげな黒々とした双眸が自分を愛しそうに包みこんでいた。

それがうれしくて、もう一度キスしたあと、今の言葉を告げようと思い、彼に唇を重ねた。

「ん……ん……っ」

少しずつ暮れていく空。ふたりの姿がゆっくりと闇《やみ》に溶けていく。

うっすらと目を開けると、遠くのほうでマカオのカジノホテルのネオンが点滅し始めるのが見えた。

昼と夜とがゆっくりと重なり合っていくこの時間。

きっとこの瞬間を春瀬は永遠に忘れないだろう。世界で一番幸せな時間。そしてこれからのふたりの時間が始まる瞬間として。

# エピローグ

窓の外には雨が降りしきっている。

ベッドに横たわる中年男性。

その手を摑んだ青年の眼差しには、憎しみはひとかけらも残っていなかった。

ただあるのは限りない愛。そしてすべての負の感情を洗い流したような清々《すがすが》しい眼差し。

ベッドに横たわった男は、青年を見あげながらゆっくりと瞼を閉じる。

雨の飛沫《ひまつ》越しに極彩色のマカオを照らしていたネオンの光が少しずつ暗闇《くらやみ》に消えようとしているなか、最後に男性の目に、青年のやわらかな笑みが映る。

閉ざされた瞼。暗闇のなかに青年の姿がフェードアウトしていく。

「……ゆっくり休みな。もう明日のことは考えなくてもいいんだから」

青年の切ない声が静かに響くむこうから、流れ始める美しいファドの旋律。旋律とともにうっすらと出てくる酒場。

ポルトガルの旅情を謳《うた》う女性歌手。その後ろでギターをひいているさっきの青年。壁には、先ほど瞼を閉ざした男性の若い頃の写真。

酒場に出入りする客たち。その扉のむこうに東京の街並みがのぞき、『FIN』というアルファベットが浮かびあがる。

ぱぁっと明かりがついた瞬間、数百人の観客で埋め尽くされていたホールに一斉に拍手が鳴り響く。

殆どの観客が立ちあがって手を叩いている。豪奢《ごうしゃ》なドレスに身を纏《まと》った一目でセレブとわかる外国人女性、彼女たちをエスコートする男性たち。

出演者たちのクレジットが映し出された画面の前、ホールの壇上にむかって歩いていく数人の日本人たち。その中央に矢倉の姿はあった。

「オスカーは無理だったが、どうだ、ニース映画祭は」

割れんばかりの喝采のなか、矢倉が隣にいるすらりとした青年に声をかけると、彼は「まだ参加できただけじゃないか」とクールな言葉を返してきた。

矢倉はくすりと笑い、狂おしいほど愛しいその男の、目映いほど美しい姿を見つめた。

流れるような黒髪。宝石のように美しい琥珀《こはく》色の双眸。しなやかな体躯《たいく》を極上のタキシードで包まれた春瀬悠真は、東洋から現れた官能と野生に満ちた新世代のスターとして、ニース映画祭で最も注目を集めている俳優だ。

尤も、本人はいたってクールなもので、どんなに讃えられ、大スターのように崇められても、飄々《ひょうひょう》としているのだが、マカオで生活していた時に培った英語や広東語、ポルトガル語ができる役者として、映画祭の前から海外の映画界からオファーがきていた。彼が国際的に活躍する日もそう遠くない気がする。

あのマカオの別荘――密室化したスタジオでの演技の稽古中、一時的に失いかけた彼の輝き。初めて知った愛やぬくもりを求めるあまり、彼は孤独を恐れるようになった。

このままでは彼の才能を潰してしまう。そう思い、いったん冷たく彼を突き放した時は覚悟と勇気が必要だった。下手をすれば、彼のやる気を挫《くじ》けさせる可能性があったからだ。

もう『映画ごっこ』をやめたいと彼がいつ言い出すか。そんな不安を抱えながらも、その一方で、もしここで彼が挫折するようなら、そんな程度の才能しかなかったとあきらめよう……そう決意していた。

けれどそれは矢倉の杞憂だった。彼は孤独を踏み台にし、それに耐え、役者としてより大きく成長しようと努力を重ねた。

役者としての本能の目覚め。矢倉への愛を封印し、健気に演技をしようとする姿にどれほど胸が痛くなったか。必死にがんばろうとする彼の姿が愛しくて愛しくて仕方なかった。

その時、初めて実感した。監督と役者としてではなく、ただひとりの人間として彼がどうしようもなく愛しい、自分のものにしたいと思っていることに。

別荘を出たあと、一時的に矢倉は入院した。そして退院後、春瀬を三井に紹介し、彼の事務所と契約させた。

それから一年……今、春瀬は最も官能的な新人男優としてマスコミの注目を集めるようになっていた。

「矢倉、春瀬の奴、すごい評判だぞ。こんな人材、よく見つけたな」

ステージから下りると、会場にきていたプロデューサーの三井が声をかけてきた。

「命がけでスカウトしたんだ、当然だ」

自慢げに言うと、矢倉は前を歩いている春瀬の腕を引っぱった。

「いろんな奴と話をするのはいいが、ベッドにまでついていくなよ」

耳元で囁《ささや》くと、猫のようなきつい眼差しで春瀬が矢倉を見あげる。

「あんたの気が引けるんだったら、行ってもいいけど」

こちらを斜めに見あげ、艶笑《えんしょう》を浮かべる姿も魅惑的で忌々しい。

「そんなことをしたら二度とおまえを撮らないぞ」

「安心しろ。俺の最後の男はあんたって決めてるから。あんたが俺を愛してくれているかぎり、俺はスクリーンでだけ身売りする」

挑戦的な、挑むような猫の目。

飼い慣らしてはいけない。適度に距離を置き、愛だけを注ぎこむ。そうすれば彼はますます美しくなる。

今の矢倉は狂気じみた愛を彼に抱いている。

入院している時、彼は、黒木の撮った写真ではなく、矢倉が高校時代に撮った写真のほうが好きだと言った。

『俺、あんたの撮る映像と色彩に魂をとりこまれたんだ。あんなふうに撮って欲しいと思った時から、本物の役者になりたいと思うようになった。あんたの目でもっと犯されてみたい、もっと灼《や》かれてみたいって』

彼の言葉を聞いた時、すべてから救われ、解放され、いっそう彼を恋しく思った。

その愛が原動力となり、彼をより美しく耀かせ、彼を他の監督にとられたくないという執念で、矢倉自身も殻を破って大きくなっているように思う。

春瀬は今もあの別荘での日々を恋しく思っている。

誰もいない場所で、愛だけで暮らしていける日々を激しく渇望している。

ふつうの穏やかな愛を育むことが彼の夢であり、彼にとってのハッピーエンドだ。

けれど、そのハッピーエンドはまだずっと先でいいと矢倉は思っている。

いつかふたりが幾つもの作品を創りあげ、もっともっと時間を育んでいった時、狂気の愛は、いつか穏やかで平凡で、そして不滅の愛に変容すると確信しているから。

「涼司……次は文芸大作をやらないか、彼で」

矢倉は話しかけてきた三井をじっと見た。

三井、早河……父のスタッフだった男たち。彼が父の才能同様に、自分の才能をとても深く愛し、伸ばしてくれようとしていたことに気づいた。

自分の殻を超えなければいけないような、むずかしいシナリオ。マカオの映画祭で監督賞をとった直後に、あえてそれに挑戦させようとした事実。その奥に流れている深い思いに、今、矢倉は心から感謝している。

春瀬が好きだと言ったイタリア映画『ニュー・シネマ・パラダイス』。主人公トトの才能に気づき、彼を映画監督にするため、あえて茨の道を歩ませた映写技師アントニオ。その父親のような厳しい愛情。それと同種の深い思いやりをむけられていたことに、矢倉は気づくことができた。春瀬を愛したこと、彼の才能を伸ばしたいと思った時に。

「どうした、涼司。随分と幸せそうな笑みを浮かべて」

三井が眉をひそめる。矢倉はふっと笑った。

「いや、文芸大作は……まだあいつには早いと思って。もう一本、狂気の愛をあいつで撮ってみたい」

今回のシナリオは早河が黒木に捧げたオマージュだ。黒木の人生を描いた作品。だから次は、自分と春瀬の愛を描いてもらう。

それが矢倉の秘《ひそ》かな野望になっていた。

会場の外に出ると、コート・ダジュールの空は薄暮に包まれていた。

ライトアップされている夜景が目に眩《まぶ》しい。

なめらかに波濤《はとう》を広げたビーチには、初夏の明るい太陽を求めてやってきた海水浴客たちがまだ波に戯れている。

会場から外へと続くレッドカーペットを歩いていると、思い出したように春瀬がポンと矢倉の肩を叩く。

「昨日の夜さ、あんた、俺の足の裏に何か書いてなかった？」

「ああ、あれか」

矢倉は皮肉めいた笑みを口元に刻んだ。

昨夜、ニースのホテルに春瀬と泊まった時、情事中にふと彼が呟いた言葉があった。矢倉への愛、矢倉への気持ちが、絶頂をむかえようとしているさなかに、我知らず飛び出したという感じだった。

それを忘れたくなくて、そこに記しておいた。そして互いに果てたあと、シャワーを浴びる前に他の紙にメモしておいた。

「なんて書いたの」

「さあ」

「教えろよ、なあ」

春瀬が矢倉の腕をひき摑む。

——教えたら、おまえ……絶対に恥ずかしさで絶叫してしまうぞ。

矢倉は彼の頰にキスしたい衝動をこらえながら、彼の少し外れかかったタイを整えてやった。

そしてその肩をポンと叩いて艶《あで》やかに微笑する。

「次の映画でおまえに言わせる。それまでは内緒だ」

「内緒？」

一瞬、挑戦的な眼差しでこちらを見たあと、春瀬はやわらかな笑みを見せた。

「わかった。最高の演技と愛で、これからもあんたを縛り続けてやる」

その言葉に背筋がざわりとした。

今度はどうやって彼を耀かせようか、そんなことを考えながら、矢倉は春瀬とともに深紅の絨毯《じゅうたん》の上を歩いた。

ふたりで制作した映画への賞賛の声と拍手を浴びながら。

# あとがき

こんにちは&初めまして。この本をお手にとって頂き、どうもありがとうございます。

キャラ文庫さんでの初仕事ということでめちゃくちゃ緊張しています。今もドキドキです。今回、映画監督が出てきますが、密室化したスタジオで鎖に繋がれたまま、二人がくり返す淫靡な秘めごとがメインなので、煌びやかな業界の話にはなっていません（すみません）。

テーマは『密室監禁愛』。担当様の「監禁＋執着愛」というリクエストから始まりましたが、粘着系の監禁ではなく、ふんわり切なくエロくを目標にしました。若手イケメン映画監督が、異国の地で、野良猫系風来坊くんに執着して監禁する流れです……多分。

ただ今回は、お約束通り受の春瀬が繋がれつつも、攻の矢倉までもが繋がれてしまいました。矢倉……才能も社会的地位もあるのに、芸術家的な偏屈な性格のせいかどうもヘタレ気味。なので攻なのに繋がれる……というシチュがなかなか合っている気がしました（笑）。受より駄目な攻って楽しいですね。あ、でも究極は、彼も男前な攻だったと信じています。一方、お相手の野良猫くんは、ビッチというわけではないのですが、無意識のトラウマ持ち受。このタイプ、個人的に好きなので書いててとても楽しかったです。ちょっと尖った淋しい子が心に芽生えた初恋の切なさに戸惑う……そんなところに、きゅんとなって頂けたら嬉しいです。そうそう、今回の裏テーマは、映画監督が野良猫を育てる（躾？）『マイ・フェア・レディ』『プリティ・ウーマン』風味でしたが、よく知らないため（笑）、主役二人が自分達だけで『映画ごっこ』を楽しむ、ちょっと狂気じみた展開になってしまいました。映画、すごく好きなのですが、ヘビーローテタイプなので実際に観ている本数は意外と少ないんですよね。

お話の舞台は、東洋と西洋が混在した摩訶不思議なエキゾチックタウン――マカオですが、舞台の半分以上は密室化したスタジオです。その変なスタジオを建てた攻の父・黒木と早河と三井の秘めごとがあったか否かは適当に妄想して遊んで下さいね（笑）。

イラストの小椋《おぐら》ムク先生、ファンタジックでとても素敵なイラスト、どうもありがとうございました。格好良くて美しくて可愛くて、ラフやカラーを拝見するたび、小躍りしながら身悶えしておりました。本当に嬉しかったです。漫画のご活躍も楽しみに応援しています。

担当のT様、初めてのお仕事なのにいきなりご迷惑をおかけしてすみませんでした。なのに最後まで明るく優しく背中を押して下さって感謝の言葉がございません。健康管理に留意し、精進して、次は、お利口な進行を目指しますので、どうか今後ともよろしくお願いします。

お読みになられた皆様はいかがでしたか？　好きな世界を楽しく書いたので、皆様にも一緒に楽しんで頂けたら幸せです。よかったら感想等聞かせてくださいね。今回、異国も映画もキャラも好みなので楽しかったものの、体力面が駄目で体力強化を来年の目標に掲げました。

ではでは、また。どこかでお会いできますように。

華藤《かとう》えれな

この本を読んでのご意見、ご感想を編集部までお寄せください。
《あて先》〒105－8055　東京都港区芝大門2－2－1　徳間書店　キャラ編集部気付
「フィルム・ノワールの恋に似て」係

■初出一覧
フィルム・ノワールの恋に似て……書き下ろし

Chara

フィルム・ノワールの恋に似て……【キャラ文庫】

2010年11月30日　初刷

著　者　華藤えれな
発行者　吉田勝彦
発行所　株式会社徳間書店
〒105-8055　東京都港区芝大門2-2-1
電話048-451-5960(販売部)
03-5403-4348(編集部)
振替00140-0-44392

印刷・製本　図書印刷株式会社
カバー・口絵　近代美術株式会社
デザイン　間中幸子・海老原秀幸


ISBN978-4-19-900595-4

# キャラ文庫最新刊

## ダブル・バインド②
**英田サキ**
イラスト◆葛西リカコ

変貌した瀬名《せな》との距離に戸惑いつつ捜査を続けていた上條《かみじょう》。そんな中、第二の被害者が!!　事件は連続殺人に切り替わり――!?

## フィルム・ノワールの恋に似て
**華藤えれな**
イラスト◆小椋ムク

天涯孤独の春瀬《はるせ》が出会ったのは、映画監督の矢倉《やくら》。最初は優しい矢倉だが、映画出演を断ると豹変!!　別荘に拉致されてしまい!?

## 後にも先にも
**中原一也**
イラスト◆梨とりこ

探偵の川崎《かわさき》は、子煩悩だけど身持ちのユルいゲイ。勢いでセックスしてしまった青年・田村《たむら》を見習いとして雇うことになって…!?

## 新進脚本家は失踪中
**水無月さらら**
イラスト◆一ノ瀬ゆま

若手脚本家・望《のぞみ》は、ある日散歩中に車と接触してしまう。運転していた実業家の遠山《とおやま》は、怪我が治るまで面倒を見ると言い…!?

### 12月新刊のお知らせ

剛しいら［凶悪天使(仮)］cut／宮本佳野

榊 花月［本命未満］cut／ルコ

愁堂れな［入院患者は眠らない］cut／新藤まゆり

お楽しみに♡

**12月18日(土)発売予定**